Comedia de errores

Dixie Browning

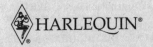
HARLEQUIN®

Editado por HARLEQUIN IBÉRICA, S.A.
Hermosilla, 21
28001 Madrid

I.S.B.N.: 84-671-3408-9
Depósito legal: B-47515-2005
Editor responsable: Luis Pugni
Composición: M.T. Color & Diseño, S.L.
C/. Colquide, 6 portal 2 - 3° H, 28230 Las Rozas (Madrid)
Fotomecánica: PREIMPRESIÓN 2000
C/. Algorta, 33. 28019 Madrid
Impresión y encuadernación: LITOGRAFÍA ROSÉS, S.A.
C/. Energía, 11. 08850 Gavá (Barcelona)
Fecha impresion para Argentina: 27.7.06
Distribuidor exclusivo para España: LOGISTA
Distribuidor para México: CODIPLYRSA
Distribuidores para Argentina: interior, BERTRAN, S.A.C. Vélez
Sársfield, 1950. Cap. Fed./ Buenos Aires y Gran Buenos Aires,
VACCARO SÁNCHEZ y Cía, S.A.
Distribuidor para Chile: DISTRIBUIDORA ALFA, S.A.

Capítulo Uno

Daisy, que se enorgullecía de su formalidad, estaba molesta por haber llegado tarde al entierro. Primero, el endemoniado teléfono no había dejado de sonar, y después, mientras se estaba vistiendo, alguien había llamado a la puerta. En su prisa por bajar a abrir la puerta, le había dado sin querer una patada a uno de sus zapatos buenos y lo había mandado bajo la cama. Faylene se le había adelantado y había abierto, gracias a Dios. Era el técnico de la electricidad, preguntando que cuándo querrían suspender el servicio.

Ella había comenzado a subir de nuevo las escaleras a toda velocidad, con un zapato puesto y el otro no, y se había hecho una carrera en las únicas medias negras que tenía. Aquello, unido al hecho de que el coche siempre estaba un poco raro cuando llovía, había sido el motivo de que llegara más de diez minutos tarde.

Allí de pie, junto a la tumba de su último paciente, sentía que la lluvia fría estaba empezando a empaparle la gabardina, que, aunque vieja, al menos era negra. Su cazadora amarilla habría sido poco apropiada.

Egbert, por supuesto, ya estaba allí. Era muy puntual. Al amparo de las enormes gafas de sol que llevaba, Daisy observó con atención al hombre al que había elegido para casarse. En lo referente a las parejas, ya era lo suficientemente mayor como para saber lo que tenía importancia y lo que no. No estaba dispuesta a cometer el mismo error de nuevo.

Egbert, bendito, no tenía ni la más mínima idea. Nunca se le habría ocurrido que ninguna mujer hubiera planeado seducirlo para que se casara con ella. La modestia era una de sus mejores cualidades. Daisy tenía poca paciencia con el exceso de testosterona, o con los fanfarrones, como los llamaba ella.

En aquel momento, un ligero movimiento del pequeño grupo de gente que había asistido al entierro hizo que Daisy pudiera ver al hombre que estaba junto a Egbert. Allí había un claro ejemplo, pensó. Si aquel hombre tenía un ápice de modestia en el cuerpo, en aquel cuerpo alto y fibroso, ella se quedaría muy sorprendida. Su forma de mantenerse en pie, con las piernas ligeramente separadas y los brazos cruzados sobre el pecho, significaba arrogancia.

«Vine, vi y, qué demonios, vencí», pensó Daisy.

Casi podía leerle el pensamiento.

Casi podía sentir lo que pensaba.

Egbert llevaba su consabido traje oscuro con una elegante gabardina negra. Y, como el hombre sensato que era, también había llevado un paraguas. Era un hombre guapo, realmente. Quizá no fuera tan guapo como un actor de cine, pero moderadamente atractivo, sí.

Daisy creía firmemente en la moderación. Al contrario que sus dos mejores amigas, muy poco moderadas, ella no tenía una pila de matrimonios fallidos en su vida. Una vez que Egbert se diera cuenta de lo buena esposa que iba a ser, su matrimonio con él sería el primero. Y sería la unión entre dos profesionales maduros, no uno de esos matrimonios de principiantes que estaban tan de moda entre la gente últimamente.

Sin querer, su mirada cayó sobre el extraño de nuevo. No llevaba ni gabardina ni paraguas, y la lluvia le caía sobre la cabeza descubierta y le corría por el pelo negro y por la frente bronceada. Daisy se preguntó quién sería. Si lo hubiera visto alguna vez, lo recordaría, y no sólo porque era el único de los presentes que no iba apropiadamente vestido.

Aunque tenía que admitir que los vaqueros azules y la cazadora negra que llevaba le quedaban mucho mejor que a ella su vestido viejo y su gabardina negra empapada, por no mencionar los zapatos de tacón que se iban hundiendo lentamente en el barro.

No hacía demasiado frío, pero estaba empezando a llover con fuerza. No era el mejor día para llevar gafas de sol, pero la gente las llevaba a menudo en los entierros, pensó ella, aunque sólo fuera para ocultar que tenían los ojos rojos e hinchados por las lágrimas.

O, como en el caso de Daisy, para ocultar la más pura curiosidad.

No, estaba claro que aquel hombre no era de por allí. Ella conocía a todos los oriundos de Muddy Landing de vista, e incluso por su nombre. Además, si Sasha y Marty lo hubieran visto, él sería el primero de su lista de buenos partidos. Bueno, si acaso era soltero.

Intentó ver si llevaba anillo, pero tenía las manos metidas en los bolsillos de los vaqueros... y un estómago completamente plano. De repente, a

Daisy le vino a la mente la frase «unas abdominales como una tabla de lavar».

¿Una tabla de lavar? Había estado viendo demasiada televisión últimamente. Desde que Harvey, su paciente, había muerto tan inesperadamente, Daisy tenía problemas para conciliar el sueño. Sin embargo, a partir de aquel momento sólo veía el canal de las noticias meteorológicas.

Casi como si se hubiera dado cuenta de que ella lo estaba mirando, el extraño la miró a ella a través de la lluvia. A Daisy se le cortó la respiración. No había nada extraño en un par de ojos azules, pero cuando estaban colocados bajo unas cejas del color del ala de un cuervo y sobre un rostro moreno, el efecto era... bien, fascinante, por decirlo de algún modo.

El funeral terminó justo cuando comenzaba otra ráfaga de lluvia. Sin familia a la que consolar, el sacerdote estornudó, miró a su alrededor y murmuró unas cuantas palabras de disculpa para todo el mundo en general y para nadie en particular antes de salir corriendo hacia su furgoneta. El grupo de asistentes, bastante reducido, comenzó a disgregarse. Salvo dos personas.

¡Oh, Dios Santo, iban hacia ella! ¡No, por favor!

Fingiendo que no oía que Egbert la estaba llamando, Daisy se apresuró a correr por los charcos hasta donde había dejado el coche. No estaba de humor para que nadie, ni un extraño, y mucho menos Egbert, la viera con el pelo empapado pegado al cuello y con un vestido de rayón negro y viejo y una gabardina empapada más vieja aún. No era nada egoísta, pero aquello podía retrasar sus planes unos seis meses.

El horario que había establecido no permitía un retraso de seis meses. Ella ya no era ninguna jovencita. Y en tres meses, Egbert cumpliría un año de viudo. El tiempo lo era todo. Daisy no quería atosigarlo, pero tampoco quería esperar hasta que llegara otra mujer y se lo quitara.

Salió a la autopista, y mientras avanzaba, los limpiaparabrisas funcionaban al mismo ritmo que sus pensamientos.

Terminaría de empaquetar y guardar todo lo que había que empaquetar, y después se sentaría y escucharía por tercera vez todas las explicaciones legales de Egbert sobre las razones que le impedían leer el testamento del pobre Harvey y entregarles la herencia a los herederos. Los cuales, en aquel caso, eran la asistenta que Harvey había compartido con las dos mejores amigas de Daisy y una sociedad histórica con una organización muy flexible y muy pocos fondos.

Echó una mirada al espejo retrovisor y vio que Egbert iba dos coches más atrás, conduciendo a tres kilómetros por debajo del límite de velocidad. Algún espíritu maligno hizo que ella apretara el acelerador hasta que estuvo a diez kilómetros por encima del límite.

Daisy nunca excedía el límite de velocidad. La precaución era una de sus principales convicciones.

–Tenemos que hacer algo con Daisy –dijo Sasha, con los codos apoyados sobre la mesa, mientras se pintaba cuidadosamente las uñas con un esmalte granate–. Tiene síntomas de estar profundamente deprimida.

Por petición de Daisy, ninguna de sus amigas había asistido al entierro. Y ellas no habían insistido.

–No está deprimida, sólo está llorando la muerte de una persona. Siempre se pone así cuando muere uno de sus pacientes, sobre todo un paciente de mucho tiempo. Y ese color de uñas no va en absoluto con el de tu pelo, a propósito.

Sasha se miró las uñas y después miró a su amiga, Marty Owens.

–¿Granate y naranja? ¿Qué tiene de malo? ¿Sabes? El problema que tiene Daisy es que se toma todos los casos como algo personal. Ya es lo bastante malo trabajar tantas horas, pero mudarse con uno de sus pacientes, como hizo con el pobre Harvey Snow... –suspirando, quitó una manchita de esmalte de la mesa.

–Supongo que fue porque la desahuciaron y él tenía aquella enorme casona vacía.

–No la desalojaron. Todo el mundo tuvo que irse de allí después del incendio. ¿Qué otra cosa podía hacer? El hotel más cercano está en Elizabeth City, y eso está a cuarenta minutos de aquí, demasiado tiempo como para ir y venir todos los días. De todas formas, probablemente no le habría afectado tanto si cualquiera de los dos tuviera más familia.

Marty asintió y se sirvió otro vaso de vino. Ya se había pasado de su límite, pero los fines de semana no contaban. El problema era que, desde que se había visto obligada a cerrar su librería, todos los días eran fin de semana.

–Yo nunca oí que lo llamara otra cosa que no fuera señor Snow, pero ¿sabes una cosa? Creo que lo consideraba algo así como un padre adoptivo.

¿A quién tienes en mente para el próximo emparejamiento? ¿A Sadie Glover o a la chica de gafas de la heladería?

Las dos mujeres, las tres, cuando Daisy estaba con ellas, estaban acostumbradas a cambiar de tema sin previo aviso. Sasha dijo:

–¿Y qué te parece Faylene?

Marty abrió unos ojos como platos.

–¿Nuestra Faylene? Bueno, para empezar, nos mataría.

–Daisy necesita una distracción. ¿Se te ocurre un desafío mayor que encontrarle pareja a Faylene?

–Sería todo un desafío, desde luego. El problema es que se nos están acabando los candidatos masculinos. A menos que ampliemos el área de caza.

–Oh, no sé... tengo un par de posibilidades en mente –dijo Sasha, pensativamente.

Unos años antes, Sasha y Daisy habían convencido a Marty para ayudar a emparejar a un vecino mayor y muy tímido con la cajera de la única farmacia del pueblo. En aquel tiempo, el marido de Marty acababa de abandonarla por otra mujer, y era ella quien necesitaba una distracción. El emparejamiento había sido todo un éxito: el vecino había puesto en alquiler su casa y se había mudado a vivir con la cajera y todos sus gatos.

Las tres mujeres habían brindado por su éxito, y habían comenzado a buscar otras personas que necesitaran ayuda para escapar de su vida solitaria. En poco tiempo, hacer de casamenteras se había convertido en su pasatiempo favorito. Pero no se limitaban a arrojar a una soltera guapa en el camino del soltero idóneo. No había desafío alguno en unir a ganadores.

Se dedicaban a aquellos que habían abandonado la esperanza, los tímidos irremediables, aquellos a los que habían dejado plantados, los socialmente ineptos... aquellos que representaban una causa que mereciera la pena. En realidad, sin planearlo, las tres amigas comenzaron a identificar a solteros necesitados en el pueblo y a ofrecerles, con tacto, consejos sobre cómo arreglarse, e incluso algunas indicaciones sobre el protocolo en las citas cuando era necesario. Además, creaban situaciones que forzaban encuentros entre las posibles parejas, y después dejaban que la naturaleza siguiera su curso.

–Olvida a Faylene –dijo Marty–. ¿Por qué no le buscamos un hombre a Daisy? –de las tres mujeres, Daisy Hunter era la única que nunca se había casado. Marty, que había enterrado a un marido y se había divorciado de otro, había jurado que nunca más se casaría.

Sasha se había divorciado de cuatro maridos, y había acabado por admitir que tenía un gusto horrible en cuanto a hombres, pero aquello no le impedía seguir buscando compañeros para otras solteras.

–Es una causa perdida –dijo–. Daisy sabe mucho de hombres... ¿y uno de esos médicos con los que trabaja?

–¿Quién, después de ese Jerry? ¿El de las zapatillas de Gucci? ¿El de los trajes de Armani y la colonia espantosa? ¿El idiota que la dejó plantada el día de la prueba de la cena nupcial?

–Sí, claro, no me acordaba. ¿Sabes? El problema de la enfermería es que la mayoría de la gente que conoce Daisy son médicos o pacientes. Y cuando muere un paciente, lo más probable es que eso sea muy deprimente, sobre todo cuando es un paciente como el viejo Snow.

–Pero ella es enfermera geriátrica, por el amor de Dios. Sabía en lo que se estaba metiendo cuando eligió esa especialidad.

–Ella eligió esa especialidad –le recordó Marty a su amiga– porque le gustaba el chico que dirigía el centro de día de mayores, ¿no te acuerdas? Aquél que resultó que robaba dinero de los beneficios.

Sasha se encogió de hombros.

–Está bien, así que tiene muy mal gusto para los hombres. Otra más para el club.

–Exacto. Tu segundo marido fue a la cárcel por blanqueo de dinero, ¿no?

–Demonios, no –respondió la pelirroja, indignada–. Fue el primero. Yo sólo tenía dieciocho años, ¿qué iba a saber?

Las dos se rieron. Marty dijo:

–Está bien. Así que, mientras ella está llorando al señor Snow, cuidando su casa y empaquetando cosas para la tienda de beneficencia o lo que sea, nosotras podemos empezar a buscar entre los solteros recomendables de entre... ¿veinticinco y cincuenta años? A propósito, ¿qué tienes en mente para Faylene?

Sasha frunció el ceño mientras se miraba las uñas.

–Mmm... es un poco hortera, ¿no? Bueno, se me ocurren dos posibilidades, pero creo que podríamos empezar con Gus, el del taller. Es soltero.

–Bien, pero ¿sabes una cosa, Sash? Si queremos que Daisy se involucre en otro proyecto, tenemos que esperar a que pueda sentarse con nosotras a planearlo. Quizá si la animamos a que aporte unos cuantos candidatos, se anime y quiera participar.

Aunque, de todas formas, sigo pensando que a Faylene le dará un ataque si averigua lo que estamos tramando.

Mientras se aplicaba el esmalte en una de las uñas del pie, Sasha le lanzó una sonrisa.

–Pueden darle todos los ataques del mundo siempre y cuando no deje el trabajo. Ya sabes cómo soy con la limpieza de la casa.

A unos cuantos kilómetros, en una preciosa casona que había conocido mejores días, Daisy Hunter empaquetó otra caja llena de ropa de su último paciente para llevarla a la Hotline Thrift Shop la próxima vez que fuera a Elizabeth City. Habría sido más fácil si se hubiera marchado de la casa el día en que Harvey murió, pero su apartamento no estaba listo todavía. Y entonces, Egbert le había sugerido que se quedara allí al menos hasta que empezara a trabajar con otro paciente, y una cosa había llevado a la otra.

–El estado seguirá pagándote el sueldo mientras haces inventario y empaquetas todas sus cosas personales. Y aparte de eso, las casas que se quedan vacías comienzan a deteriorarse rápidamente –le había dicho él.

Egbert tenía una forma muy precisa de hablar de ello, lo cual no era muy excitante, pero sí reconfortante. Una mujer siempre sabría a qué atenerse ante un hombre como Egbert Blalock.

Hasta la muerte de Harvey, el banquero y ella sólo eran conocidos del pueblo. Pero desde entonces, se habían reunido varias veces para hablar sobre los asuntos financieros de Harvey. Y había sido durante su segunda reunión, o quizá en la tercera, cuando ella había empezado a considerar a aquel hombre desde el punto de vista personal. Y cuanto más lo pensaba, más creía que podría ser un buen marido. Después de todo, ella se hacía cada vez más vieja, y si alguna vez quería tener una familia, cosa que sí quería, ya había llegado el momento.

Así que mientras Faylene, la asistenta, le daba a la vieja casa el último repaso, incluidas las habitaciones que llevaban años cerradas, Daisy hacía listas, guardaba los efectos personales del señor Snow y pensaba en cómo conseguir pareja. Sabía cómo conseguirles pareja a los demás, pero no tenía ni idea de cómo conseguirla para sí misma.

Por supuesto, aquello no se lo había confesado a ninguna de sus amigas. Conociendo a Marty y a Sasha, en cuanto se dieran cuenta de que había el más mínimo interés personal, tomarían el control y enfocarían mal todo el asunto. Sasha cambiaba de marido como de camisa, y Marty no era mucho mejor, aunque juraba que había aprendido de su última experiencia.

Se miró en el espejo del armario y se atusó el pelo. Al menos, ya no tenía seco, pero el color no le resultaría atractivo ni a una polilla, y mucho menos a un hombre. Hacía tiempo que necesitaba ir a la peluquería, pero antes de hacer algo drástico tenía que enterarse de cuáles eran los gustos de Egbert. ¿Le gustarían las rubias? Y si era así, ¿cómo? ¿Rubias platino? ¿El pelo del color de la miel? En aquel momento, su pelo tenía un color indefinido.

Él tenía el pelo castaño y comenzaba a clarear un poco por la parte de arriba de la cabeza. Aunque la pérdida del cabello no era algo de lo que

13

nadie tuviera por qué avergonzarse, se recordó rápidamente. En aquellos días, la calvicie era todo un signo de estilo, e incluso se consideraba algo sexy. Y aunque Egbert no fuera exactamente sexy, tampoco dejaba de serlo. Sasha había dicho una vez que le parecía aburrido, pero Daisy no se había molestado en corregirla. Egbert no era aburrido, sencillamente era sólido, fiable y formal, rasgos todos ellos admirables en un marido. Algunas mujeres habrían preferido algo más llamativo. Y ella también, no hacía mucho tiempo. Sin embargo, había aprendido. Ya había pasado por aquello.

El estómago comenzó a rugirle y le recordó que no había comido nada desde el desayuno. En cuanto había llegado a la casa, después del entierro, se había cambiado rápidamente de ropa y se había puesto a trabajar de nuevo, ansiosa por terminar para comenzar a hacer nuevos planes.

Mientras doblaba las camisas de vestir de Harvey, todas marrones con rayas blancas, y debía de tener una docena, más o menos, Daisy dejó que su pensamiento vagara de nuevo hacia el breve funeral bajo la lluvia y hacia el extraño al que había visto en el cementerio. Fuera quien fuera, no era del pueblo. Si ella lo hubiera visto antes, lo recordaría. ¿Qué mujer no? Aquellas piernas largas, aquellos hombros anchos, los pómulos altos y angulosos, y aquellos asombrosos ojos azules. ¿De qué color eran los ojos de Egbert, se preguntó distraídamente? ¿Color miel? ¿Marrones?

Marrones. Los ojos de Harvey eran color miel, siempre brillantes de buen humor a pesar de los dolores que sufría su pobre cuerpo retorcido. Que

Dios lo tuviera en su gloria, debía de haber tenido una familia con él al final, sólo que no la tenía, y la mayoría de sus amigos habían muerto o se habían mudado. Una pareja todavía vivía en Elizabeth City, pero sus visitas habían disminuido durante el año anterior.

Daisy pensó en la última hora que había pasado con su paciente. El ruido de la televisión la molestaba, así que ella le había leído el periódico. Habían llegado al editorial cuando se había quedado dormido. Como no era nada extraño, ella había plegado silenciosamente el periódico, lo había tapado bien y había apagado la luz.

A la mañana siguiente, le había preparado las medicinas y había llamado a la puerta de su dormitorio. Al no oír respuesta, había entrado, y se había encontrado a Harvey durmiendo plácidamente.

Y para siempre.

Daisy no había llorado, pero lo haría más tarde o más temprano. Su relación con Harvey Snow había sido más fuerte y cercana que con otros pacientes, quizá porque ella admiraba su valor. Vivir solo, con un caso de artritis reumática que empeoraba cada vez más y después, con dos leves apoplejías, y no perder nunca el sentido del humor era algo increíble.

Más tarde o más temprano las lágrimas llegarían, probablemente, en el peor momento posible. Y no era bueno intentar reprimirlas. Daisy lo sabía, como enfermera y como mujer.

Dejó escapar un profundo suspiro cuando cerró la caja. Intentó no pensar en la tarea deprimente que estaba llevando a cabo y decidió concentrarse en su corte de pelo y en cómo se lo peinaría. De hecho, llamaría a Paul en aquel momento para pedir cita e ir a la peluquería. No iba a hacerse nada estridente, sólo lo justo para que Egbert la mirara bien y se preguntara si no se estaba perdiendo algo.

Se acercó al teléfono y justo cuando iba a descolgar el auricular, comenzó a sonar. Asombrada, dejó caer el rollo de celo que tenía en la mano. Las llamadas habían empezado en cuanto se había difundido la noticia de que Harvey había muerto. Habían llamado enterradores, historiadores locales que querían ver la casa, anticuarios y agentes de la propiedad inmobiliaria que querían saber si iba a venderse algo.

Ella desviaba todas las llamadas a Egbert, que era el albacea testamentario de Harvey.

–Residencia Snow –respondió secamente. Lo que necesitaba era un contestador. De no ser porque iba a estar poco tiempo allí...

–Daisy, cariño, por tu voz parece que necesitas un masaje. O un lingotazo de whisky y una caja de bombones. ¿Qué tal ha ido todo?

–¿Aparte del hecho de que estaba lloviendo a cántaros, de que el sacerdote no dejó de estornudar y de que sólo aparecieron cuatro gatos?

–Eh, nosotras nos ofrecimos a acompañarte –le recordó Sasha.

–Lo sé. Lo siento, estoy de mal humor –le dijo a su amiga. Llevaba días luchando contra la depresión.

–Mira, Marty y yo estábamos pensando... ya es hora de que comencemos con otro proyecto. Ahora que ha cerrado la librería está bebiendo demasiado –Daisy pudo oír las protestas al otro lado de la línea–. Y se ve claramente que ha engordado dos kilos y medio. ¿Quieres participar?

Sonriendo con cansancio, porque sabía que sus amigas sólo estaban intentando alegrarla, respondió:

–No contéis conmigo esta vez. Lo último que necesito ahora es ponerme a arreglarle la vida a alguien cuando estoy hasta las orejas de artefactos que, que yo sepa, no quiere nadie.

–Oh, cariño... sé que es muy triste, pero estar todo el día deprimida no te va a llevar a ningún sitio –dijo Sasha. Tenía un lado muy suave, pero había aprendido a esconderlo con un estilo glamouroso y frívolo.

–No estoy todo el día deprimida –respondió Daisy. Como profesional, sabía que no debía involucrarse personalmente con un paciente. Por otra parte, también había pasado con Harvey mucho más tiempo que ningún otro paciente.

–Bueno, pues entonces, ¿estás preparada para un reto? –le preguntó Sasha, un poco burlonamente.

Daisy suspiró. En realidad, era mejor que sus amigas pensaran que estaba deprimida a que estaba haciendo planes para su propio futuro. Si les daba a entender algo, aunque fuera lo más mínimo, relacionado con aquella idea, acabaría comprometida con algún idiota que hubieran encontrado en un bar de solteros.

No, gracias. Una vez que había decidido lo que iba a hacer, prefería arreglárselas por sí misma, de la misma forma que había estado haciendo desde los trece años, cuando sus padres adoptivos se habían separado y ninguno de los dos había querido quedarse con ella. Se las había arreglado entonces y lo conseguiría de nuevo. El año próximo, por aquella época, estaría instalada en la bonita casa de madera de Egbert, con una gran chimenea, grandes ventanas y tejado a dos aguas, y en estado de buena esperanza.

–Daaaisy... Despierta, cariño.

–Eh, sí. ¿En quién estáis pensando?

–En Faylene.

Ella se quedó boquiabierta.

–¡Ni hablar! Un nuevo proyecto es una cosa, pero una causa perdida es exactamente lo que menos necesito en este momento –respondió–. No podéis estar hablando en serio.

–Pues sí. ¿No te has dado cuenta de lo gruñona que está últimamente? Esa mujer necesita a un hombre en su cama.

Fuera, la lluvia continuaba cayendo sin cesar, y a Daisy le rugió el estómago de nuevo para recordarle que no había comido nada desde el desayuno.

–Mira, llámame mañana. En este momento estoy demasiado cansada como para pensarlo. Voy a cenar temprano y me voy a ir a la cama. Es posible que se me ocurra otra persona soltera con la que poder trabajar.

Pero no para Faylene. Oh, no. Fuera quien fuera, tendría que ser alguien muy especial.

Capítulo Dos

Las botas de Kell todavía no se habían secado, pero al menos, les había quitado la mayor parte del barro. Aunque estuviera muy decepcionado por no haber llegado a tiempo para conocer a su medio tío, tenía que admitir que se lo había pasado muy bien observando cómo la misteriosa mujer intentaba que no se le hundieran los pies hasta los tobillos. A él no lo atraían demasiado las piernas de las mujeres, pero aquélla las tenía muy bonitas. Era rubia. Más o menos. Entre la capucha de la gabardina que ella llevaba puesta y las sombras, él no había podido ver mucho más que una cara pálida, unos cuantos mechones de pelo mojados y un par de piernas manchadas de barro. Pero era evidente que tenía unos tobillos soberbios.

Todavía impactado por el hecho de que el hombre al que había ido a ver desde tan lejos hubiera muerto, Kell ni siquiera se había molestado en preguntarle a Blalock quién era la mujer que había respondido al teléfono cuando él había llamado desde las afueras del pueblo la noche anterior. La que le había dado el teléfono del banquero. El banco estaba cerrado cuando había llegado al pueblo, así que había tenido que esperar hasta por la mañana.

Debería haber llamado cuando había descubierto una posible conexión entre los Snow de Carolina del Norte y los Magee de Oklahoma, pero tenía bastantes cosas que hacer antes de poder marcharse de la ciudad. Además, le había gustado la idea de aparecer sin avisar, y se había imaginado a su medio tío Harvey abriendo la puerta, echándole un vistazo y reconociendo a la primera al sobrino al que nunca había conocido.

Sí, como si eso hubiera podido suceder. Kell no se parecía en absoluto a su padre. Evander Magee era pelirrojo y tenía pecas. Los únicos rasgos faciales que podían compartir padre e hijo eran los ojos azules y la hendidura de la barbilla.

Había sido, quizá, demasiado optimista al ponerse en camino sin notificarle a Snow sus intenciones. El problema era que, después de todo lo que le había ocurrido en sus treinta y nueve años de vida, Kell era un optimista irremediable. Cuando era lanzador de béisbol, siempre había salido al campo convencido de que su equipo iba a ganar.

Sin embargo, el optimismo no lo había ayudado cuando había llegado a Muddy Landing después de que anocheciera y se había encontrado con que la única pensión del pueblo llevaba cerrada desde que había pasado por allí el huracán Isabel, en septiembre. Había tenido que recorrer bastantes kilómetros hasta que había encontrado un motel de mala muerte en el que la cama era demasiado corta, las paredes demasiado delgadas y las almohadas estaban rellenas con algún material que rebotaba contra la cabeza. Si se quedaba más tiempo por allí, probablemente se compraría una tienda de campaña y una buena almohada, aunque no estaba muy seguro de que todo le cupiera en el Porsche.

En resumen, había encontrado a Harvey Snow un par de días tarde, había pasado una noche de perros en un colchón asqueroso y como consecuencia, se había quedado dormido. Se había saltado el desayuno, se había duchado rápidamente y había llegado al banco casi una hora después de que abrieran, y después había tenido que esperar para hablar con un hombre llamado Blalock, que había intentado librarse de él, diciéndole que estaba muy mal de tiempo.

Pero Kell era perseverante. Se había interpuesto entre el banquero y la puerta, se había presentado y le había explicado por qué estaba allí: porque su padre tenía un hermanastro que se llamaba Harvey Snow, y él necesitaba saber cómo localizar al hombre.

Entonces era cuando se había enterado de las malas noticias.

—Siento decírselo, pero el hombre al que está buscando falleció hace unos días. De hecho, lo van a enterrar ahora mismo, y yo voy al entierro en este momento. Así que, si me disculpa...

A Kell le había costado un esfuerzo asimilar aquella noticia. Se había quedado inmóvil.

—Hasta el momento —le había dicho el banquero con petulancia—, nadie sabía que Harvey tuviera un pariente vivo.

Kell había tenido ganas de protestar. ¡Demonios, él era un pariente vivo!

En vez de eso, había terminado por seguir a Blalock, bajo la lluvia, por kilómetros de carreteras rurales, hasta que habían llegado al cementerio. Después, había vuelto con él al banco. Sólo después, después de que el banquero hubiera hecho una búsqueda de informes en su ordenador y lo hubiera acribillado a preguntas, pudo dirigirse finalmente a la casa donde había vivido su padre de niño.

Supuestamente, tal y como había matizado Blalock.

Kell pensó que podía permitirse el lujo de pasar allí unos cinco días, una semana como máximo. Los chicos podrían arreglárselas en la tienda. Y si no, tenían un número al que llamar.

En algún momento, el hecho de trabajar con niños problemáticos y ex pandilleros se había convertido en un trabajo a tiempo completo, mucho más que atender su tienda de deportes, que usaba como zona de entrenamiento. También estaba en proceso de convertir un viejo rancho en un campo de béisbol, así que tenía todo lo que un hombre pudiera desear. Un trabajo satisfactorio, seguridad económica y suficientes mujeres de la variedad «sin compromisos» como para conseguir que se sintiera feliz hasta que fuera un anciano.

Por otra parte, estaba aquel asunto de sus raíces. Una vez que había comenzado a escarbar, no quería dejarlo. Era muy posible que Blalock tuviera sus reservas sobre la relación entre los Snow y los Magee, pero Kell confiaba en su instinto, y su instinto le decía que estaba siguiendo la pista correcta. Su padre había pasado la mayor parte de su vida en Oklahoma, pero Kell estaba seguro de que sus raíces estaban en Muddy Landing.

Mientras seguía la estrecha y húmeda carretera entre campos llanos y la costa pantanosa, salpicada de embarcaderos y de pequeñas embarcaciones, se arrepentía de no haberle prestado más atención a su padre, cuando le contaba historias de la caza del oso en el Great Dismal Swamp y de pesca en los Outer Banks. Aquellas dos zonas estaban a menos de una hora de Muddy Landing, y aquello era una prueba de que iba por buen camino.

Por otra parte, tenía el presentimiento de que la mujer de la gabardina negra que había visto en el entierro era la misma con la que había hablado por teléfono, la que le había dado el nombre de Blalock. ¿Acaso no le había dicho ese Blalock que la enfermera de Snow todavía estaba viviendo en la casa, recogiéndolo todo? A Kell le parecía que era muy honroso por su parte ir al entierro. No había mucha más gente que se hubiera molestado.

Durante las breves conversaciones que había mantenido con Blalock antes y después del funeral, él también había llegado a la conclusión de que el banquero era renuente a encontrar cualquier posible conexión entre su cliente y el padre de Kell. Desde el punto de vista de un albacea, un pariente que aparecía de la nada en aquel momento sólo podía entorpecer las cosas. Y Blalock le parecía el tipo de hombre al que le gustaban las cosas sencillas y claras, sin complicaciones ocultas.

Kell debería haberle asegurado enseguida que él no estaba interesado en las posesiones de Snow. Una vez que sabía que era demasiado tarde para conocer a su pariente, lo único que quería era tener la oportunidad de saber más cosas sobre los años de infancia de su padre, y quizá conocer a sus primos, si acaso tenía primos y vivían por allí.

La historia comenzaba unos cincuenta y tantos años antes, cuando Evander Magee se había marchado de casa a los dieciséis años. Kell, que tenía catorce cuando su padre y su madre habían muerto en el incendio que había devorado su casa y había reducido a cenizas cualquier prueba documental que hubiera podido existir, nunca había pensado en buscar sus raíces hasta hacía muy poco tiempo. La combinación del hecho de que se avecinaba su cumpleaños número cuarenta con el hecho de que se había convertido en el padrino de los gemelos de su mejor amigo lo había hecho pensar en la familia.

Entonces se había enfrentado al hecho de que era el último de la familia Magee. Y aquélla era una carga muy pesada para un hombre que había evitado siempre cualquier cosa parecida a un compromiso.

Recordó de nuevo a la rubia despeinada del entierro. A Kell le gustaban las rubias. Le gustaban las mujeres vestidas de cualquier color. O mejor aún, sin ropa. Ella parecía muy fría por teléfono. Y en persona, parecía fría, mojada y triste.

Se preguntó si se habría descongelado ya.

El día del entierro parecía interminable. Finalmente, por la tarde dejó de llover. Mientras sus amigas, que evidentemente pensaban que ella no debía estar sola, tomaban té y hojeaban revistas, Daisy, exhausta, se relajaba en el columpio del porche, aunque el huracán lo había estropeado y no lo habían arreglado después.

Hacía casi dos meses que el huracán Isabel había pasado por Muddy Landing y más allá. Las cosas todavía estaban destrozadas. Los obreros, que ya estaban trabajando hasta el límite reconstruyendo las viviendas de la gente, no podían reparar todos los daños que había causado el huracán. El propietario del edificio de su apartamento seguía dándole excusas y diciéndole que los pisos no podían ocuparse todavía, y ella lo entendía, de verdad, pero demonios, ya no podía quedarse en aquella casa durante más tiempo. Tenía que seguir con su vida.

Mientras sus amigas seguían parloteando, Daisy deseó que se marcharan para poder seguir vaciando cajones, armarios y estanterías, y para ayudar a Faylene a limpiar habitaciones que no se habían usado durante décadas. Quizá al día siguiente le apetecería ir de compras o a la peluquería, pero en aquel momento no. No, porque estaba rodeada de recordatorios de un hombre bueno, cuya vida entera había estado llena de dolor y de soledad.

–Deja de pensar en ese pobre hombre. Vivió una vida completa –dijo Sasha.

–Lo dudo –murmuró Marty–. ¿No dijiste que estaba postrado en la cama, Daisy?

–Sólo durante los últimos meses, después de las apoplejías. Antes se movía muy bien con su silla de ruedas. Y no estoy pensando en él, sólo estoy cansada. Le prometí a Eg... al señor Blalock que tendríamos la casa lista para que comenzaran a enseñarla a finales de la semana que viene.

–¿Enseñársela a quién?

Ella se encogió de hombros.

–A toda esa gente que ha estado llamando, me imagino.

Después, siguió pensando de nuevo en todo lo que tenía que hacer. Gracias a Dios que ella nunca había guardado demasiadas cosas aparte de su ropa, unos cuantos muebles y una estantería llena de libros de sus autores preferidos, gracias a los generosos descuentos de Marty. Ventajas de tener una amiga librera.

—Bueno, él siempre ha sido agradable conmigo, incluso cuando tenía una cola de coches esperando.

¿Quién, Harvey? Daisy concentró su pensamiento en el presente. Ser agradable con una impresionante pelirroja no tenía demasiado mérito, pero ¿desde cuándo tenía Harvey filas de coches? Él llevaba años sin conducir. Ya ni siquiera tenía coche.

—Y tiene el garaje limpio como una patena. Para ser un garaje, quiero decir. Y sabemos que es honrado —continuó Sasha.

Ah. Debían de estar hablando del posible pretendiente para Faylene.

—¿Y cómo lo sabemos?

—Por un detalle —le explicó la pelirroja—. Cuando me cambió el aceite y los neumáticos la semana pasada, me cobró exactamente lo mismo que a Oren —dijo. Oren era su vecino de al lado.

—Bien, así que es posible que no intente escaparse con los ahorros de toda su vida —dijo Daisy.

Una vez, el hombre que decía que la adoraba le había quitado todo lo que poseía, y desde entonces, la integridad era uno de los primeros requisitos en la lista de Daisy. Otra cosa en la que Egbert tenía un diez.

—Cuando se trata de los clientes, puede que sea honrado, pero...

—Mira, lo único que tenemos que hacer nosotras es conseguir que haya una primera cita, ¿entendido? –dijo Sasha–. Es probable que se conozcan casualmente, del mismo modo que se conoce todo el mundo en Muddy Landing, ¿no? Así que lo único que tenemos que hacer es conseguir que queden para tomar algo y ver si surge una chispa. Los dos tienen la misma edad, alrededor de los cincuenta, y los dos son solteros. Quién sabe, quizá él la mire a los ojos y...

–Y no le haga caso a nada de lo demás –dijo Marty secamente–. Está bien, Gus tiene dientes y pelo todavía, y Faye... bueno, hay que admitir que tiene unas piernas estupendas.

Por lo demás, no había que decir que tenía el pelo hecho un desastre y la cara muy arrugada. Su edad exacta era un misterio, pero llevaba zapatillas de deporte blancas y pantalones cortos también blancos, y medias durante todos los meses del año, salvo en los más fríos. Y era cierto que tenía unas piernas bonitas y suavemente bronceadas.

–Él se asustará si lo lleva a su casa –intervino Daisy. Faylene vivía en Crooked Creek Mobile Home Park, rodeada por cuarenta y siete esculturas de cemento.

–Así que colecciona arte –dijo Sasha, encogiéndose de hombros–. ¿Y qué? Seguramente, él también colecciona algo. La mayoría de los hombres lo hace –dos de sus tres maridos habían coleccionado otras mujeres.

–Sea lo que sea, ya lo resolverán entre ellos.

–¿Sabéis si él va a las cenas de beneficencia? Yo no recuerdo haberlo visto en ninguna –preguntó Marty.

–Si va, seguramente es porque no sabe cocinar –comentó Daisy.

–O que es muy generoso.

Las cenas de beneficencia se celebraban para recaudar fondos para varias asociaciones, y recientemente, para las víctimas del huracán Isabel. Las tres mujeres habían encontrado unos eventos muy apropiados para donar objetos que les sobraban y para llevar a cabo sus emparejamientos.

–Si sabe descongelar y cocinar al microondas, ya sabe más que Faye –les recordó Sasha.

–Espléndido –dijo Marty, y alzó su vaso de té helado para hacer un brindis–. Entonces, ¿vamos a preparar unas tarteras para la próxima cena? –aquello incluía a Daisy. Marty y Sasha aportaban la comida cruda, y ella se encargaba de convertirla en manjares–. Creo que es el miércoles, dentro de dos semanas. O quizá sea el próximo miércoles. ¿Qué día es hoy?

La atención de Daisy había vuelto a perderse. Quizá debiera probar con algún corte de pelo moderno, desordenado, en punta. O quizá no; seguramente, a Egbert le gustaría un estilo más conservador.

–¿Mmm? ¿Qué fecha? Ah, la cita de Faylene.

–Hoy es viernes –dijo Sasha–, y la cena es el miércoles que viene. Fuera, si hace buen tiempo, o en el centro de la comunidad si llueve o hace frío. Pero creo que hará bueno. Así que... ¿hacemos cuatro cajas en vez de tres esta vez? Yo tengo un lazo de regalo morado, enorme, que puedo donar. Lo único que tenemos que hacer es etiquetar una de las cajas con el hombre de Faylene, y decirle a Gus que la caja del lazo morado contiene justamente la comida que más le gusta.

–Entonces, primero deberíamos averiguar cuál

es su comida favorita –apuntó Daisy, siempre práctica.

–No. Primero tenemos que hacer algo con el pelo de Faylene –sugirió Sasha.

–Bueno, es cierto que no puede llevar esos pantalones cortos a la cena de beneficencia de la iglesia. Tiene unas piernas estupendas a distancia, pero cuando te acercas... –Marty sacudió la cabeza y sonrió.

–Como hará el tipo afortunado que compre su cena –dijo Sasha–. Está bien. Yo le arreglaré el pelo. Marty, tú encuentra algo decente para que se ponga. Y tú, Daisy, puedes hacer la cena. ¿Y si haces tu famoso pollo frito a la mantequilla, unos cuantos buñuelos de maíz, un poco de ensalada de col y un par de pedazos de esa tarta de ron y chocolate tan espectacular?

–¿Qué? Oh... bueno, claro, pero quizá deberíamos pensar en unos cuantos candidatos más, antes –dijo Daisy.

Era cierto que ella era soltera, pero sabía cómo funcionaban aquellas cosas entre los hombres y las mujeres. La química era importante, pero no suficiente. A menos que hubiera algo más sólido, una vez que la reacción inicial se apagaba, una se quedaba sola, con un perfecto extraño.

En realidad, ella no había sentido ninguna química con Egbert. Y aquélla era la mejor parte de su plan. Como no había química, para empezar, no la echarían de menos cuando se esfumara, como ocurriría indefectiblemente. Aunque Daisy no tuviera tanta experiencia como sus amigas, tampoco era una ingenua. En absoluto. La diferencia era que, al contrario que Marty y Sasha, ella reconocía a un hombre con el que merecía la pena casarse cuando lo veía.

Al menos, había aprendido a hacerlo.

Lo extraño de todo aquello era que sus dos amigas no hubieran añadido a Egbert a su lista de candidatos. Hacía casi un año que se había quedado viudo.

El teléfono sonó dentro de la casa. Daisy soltó un gruñido y se levantó para responder la llamada, mascullando algo sobre lo que iba a hacer si era un vendedor que quería intentar venderle algo.

En cuanto se marchó, Sasha y Marty comenzaron a susurrar.

–¡Demonios, ya te dije que estaba deprimida! Ni siquiera puede concentrarse en lo que estamos hablando. Se queda mirando a los árboles como si acabara de perder a su último amigo –farfulló Sasha.

–Bueno, eran muy amigos. Él era casi como un abuelo para ella, sobre todo desde que se mudó aquí.

–Eso fue un gran error. Ya te lo dije cuando lo hizo, ¿te acuerdas?

–Sí, bueno, pero ya está hecho –respondió Marty.

–De todas formas, ha dicho que Faylene iba a venir esta tarde, así que necesitamos que Daisy se comprometa a sonsacarle lo que le gusta y lo que no le gusta en un hombre. Aunque... el problema es que Gus vive encima de su garaje. Incluso si las cosas funcionaran, ¿te lo imaginas cargando con Faylene por esas escaleras para traspasar el umbral con ella en brazos?

Marty apretó los labios, pero antes de que pudiera decir nada, Daisy había vuelto.

–Era Egbert... el señor Blalock –dijo–. He estado desviando las llamadas a su oficina, porque el abogado de Harvey murió el otoño pasado. Dice que esta mañana ha aparecido un hombre que dice que es un pariente.

–¿De Harvey? Creía que no tenía familia –dijo Marty.

–No creo que la tuviera, o al menos, que tuviera parientes cercanos. Pero Egbert, es decir, el señor Blalock, dice que ha estado mirando algunos archivos desde el entierro y que cree que quizá merezca la pena comprobar la historia de este hombre. Me ha dicho que el hombre incluso insistió en ir al entierro.

De repente, Daisy abrió unos ojos como platos. ¡El hombre de las botas de vaquero! Por favor, no. Si el pariente era aquel hombre, ella se largaría de allí al instante. No podía tratar con nadie que pudiera distraerla tanto en aquel momento. Además, él no se parecía en absoluto a Harvey.

Después de una noche sin dormir, y de aquel día interminable, parecía algo que el gato hubiera metido arrastrando dentro de la casa.

Aunque aquello no tenía importancia, se dijo mientras corría hacia el baño para intentar arreglarse el pelo.

Capítulo Tres

Kell Magee se acercó a la casa. Estaba casi seguro de que aquél era el lugar donde su padre había pasado sus primeros dieciséis años de vida. Durante sus erráticos treinta y nueve años de vida, había aprendido a mantener unas expectativas realistas sobre las cosas. Y aquello era algo que también intentaba enseñarles a los chicos con los que trabajaba, que, sin embargo, preferían hablar de su corta carrera como lanzador de béisbol. Lo primero que querían saber era cuánto dinero había ganado. Y normalmente, él respondía que no tanto como Greg Maddux o Randy Johnson, pero mucho más de lo que nunca hubiera pensado.

Ya casi había atardecido cuando Kell aparcó el coche bajo una fila de enormes pacanas, con cuidado de no hacerlo bajo ninguna de las ramas que amenazaban con caer. Miró sus anotaciones de nuevo. Oh, Dios, pensó, mirando a la casa. Parecía una tarta de boda que hubieran dejado bajo un chaparrón. Sólo para asegurarse de que no había cometido un error, se bajó del Porsche y volvió sobre sus pasos para mirar el nombre que figuraba en el buzón.

H. Snow. Las pequeñas pegatinas de las letras estaban comenzando a despegarse.

Cuando se volvió hacia la casa de tres pisos, con

las ventanas tintadas y el canalón colgando, vio a la mujer, de pie en el umbral. Incluso con el sol cegándolo se dio cuenta de que era la misma a la que había visto en el cementerio aquella mañana. Le resultó familiar, aunque en aquel momento estuviera considerablemente más seca y no llevara gabardina.

Kell irguió los hombros y se dirigió hacia el porche.

–Hola –dijo, saludando cuando se había acercado lo suficiente–. Se marchó usted antes de que Blalock pudiera presentarnos esta mañana, pero probablemente le ha dicho que yo iba a venir –explicó. Sin embargo, por el recibimiento de la mujer, que estaba cruzada de brazos frente a él, no se sintió especialmente bien acogido–. Usted debe de ser la señorita Hunter. ¿La enfermera?

Ella no habló hasta que él se acercó lo suficiente como para ver las pecas que tenía en las mejillas.

–¿Podría ver su identificación?

Él se quedó helado ante el primer escalón del porche.

–Claro.

Llevaba sus documentos en la cartera, en el bolsillo trasero de los pantalones. Le había dado copias de todo a Blalock aquella mañana. ¿Por qué demonios aquel tipo no le había dicho a la mujer que él iría a ver la casa?

–Me llamo Kelland Magee –le dijo, mientras se llevaba la mano al bolsillo–. Supongo que Blalock le habrá dicho que estamos bastante seguros de que Harvey Snow era mi tío... bueno, medio tío, al menos.

Para entonces, Kell ya estaba casi seguro de que era cierto, incluso aunque Blalock hubiera insistido en reservarse una opinión final, probablemente, hasta que se realizara una prueba de ADN.

–¿No le dijo que mi abuela paterna se casó con un hombre de apellido Snow, de esta parte del bosque, después de que muriera su primer esposo? –le preguntó.

Puso un pie sobre el primer escalón mientras revolvía en su cartera, y después sacó el carné de conducir y su tarjeta de la seguridad social para mostrárselas. Sin mover un solo músculo, aquella mujer le estaba haciendo un lío. Y sus tobillos no tenían nada que ver en aquella ocasión.

Mientras ella examinaba sus credenciales, Kell fingió que miraba el césped que rodeaba la casa, mientras su excelente visión periférica pasaba sobre su pelo rubio y sus ojos grises, que tenían la misma calidez que un frigorífico. Tendría unos treinta y cinco años, pensó. Una boca bonita. Si alguna vez sonreía, probablemente su sonrisa sería tan espléndida como sus tobillos.

Esperó a que ella lo invitara a entrar. Finalmente, ella levantó la vista y le clavó una mirada heladora.

–¿Qué le dijo el señor Blalock?

–¿Sobre qué? –dijo él, exprimiéndose el cerebro para recordar todos los detalles de sus dos breves conversaciones con el banquero. Él había intentado por todos los medios convencerlo para que le dejara ver el lugar donde, supuestamente, había crecido su padre.

–Sobre... bueno, sobre el señor Snow –ella tenía la voz suave, pero firme. Y si aquello era una contradicción, también lo eran todos los anuncios de colchones–. Dice usted que quizá fuera su tío. ¿Cómo sé yo que no es un... un vendedor de algo?

–¿Disculpe?

Sin moverse del umbral, ella le devolvió sus documentos y volvió a cruzarse de brazos. Y, entonces, sin razón aparente, bajó la guardia.

–Oh, está bien. Puede entrar, pero le advierto que si intenta vender algo, o comprarlo, lo echaré sin contemplaciones. ¿Entendido?

Bien, demonios. En otras palabras, mirar pero no tocar.

–Sí, señora.

Kell la siguió dentro de la casa y no pudo evitar abrir unos ojos como platos. Aquel lugar estaba lleno de cosas que parecían de un museo. En su carrera estelar, aunque breve, como lanzador en la liga nacional de béisbol, había visitado bastantes hoteles de cinco estrellas. Se había codeado con gente que tenía dinero que malgastar. De hecho, él mismo había malgastado bastantes dólares, hasta que el sentido común se había impuesto y había comenzado a usarlo con mejores fines.

Pero aquello era distinto. Aquello era real. Eran cosas que se heredaban, no de las que compraban y colocaban los decoradores para llenar un espacio vacío. Él lo sabía.

–Bueno. ¿Me sigue, o va a quedarse ahí con la boca abierta todo el día?

–Oh, sí, señora, enséñeme el camino, por favor.

Si su parte trasera tenía tan buen aspecto como la delantera, él estaba dispuesto a seguirla hasta la habitación más cercana. Aunque pensaba que aquello no era lo que ella tenía en mente.

Se había quitado la ropa del entierro y se había puesto unos pantalones cortos color beige y una camiseta azul descolorida. No era ropa de luto, desde luego, pero tampoco era precisamente de estrella de Hollywood. Y en cuanto a sus ojos...

Kell nunca había tenido especial debilidad por el color gris. Sin embargo, era bastante bonito. Relajante. Incluso se podría decir que romántico, de una forma misteriosa.

«Déjalo ya, Magee, no te estás concentrando en la casa».

Después de rodear la escalera curva, llegaron a una cocina de techo altísimo, donde había una mujer mayor con unos pantalones blancos, cortos y ajustados, que estaba metiendo platos en una caja de cartón. La mujer lo señaló con una tetera de flores.

–¡Lo conozco! ¿Quién es?

–Dice que se llama Kelland Magee –respondió la rubia, como si no se hubiera creído ni una sola palabra de lo que él le había dicho–. Dice que el señor Snow era su tío.

–He dicho que quizá lo fuera –la corrigió Kell–. Quiero decir que estoy bastante seguro de que un hombre llamado Harvey Snow era el hermanastro pequeño de mi padre, pero el juzgado estaba cerrado cuando llegué, así que no lo sabré con seguridad hasta que pueda comprobarlo en los archivos.

Y era viernes, demonios.

–Es posible que hubiera más de un Harvey Snow por aquí –añadió.

Aunque su educación total era un poco desigual, Kell había aprendido a confiar en su instinto. Y en aquel momento, el instinto le decía a gritos que, pese a lo que opinara Blalock, su padre había crecido en aquella casa, aunque fuera muy distinta a lo que él había imaginado.

–Sin embargo, yo estoy bastante seguro de que éste es el lugar. Quiero decir, que este Harvey Snow era la persona a la que yo estaba buscando. El Dismal Swamp... –dijo, y señaló con la cabeza en la dirección de los pantanos, con la esperanza de impresionar a la mujer con sus conocimientos de la zona. Y si aquello no funcionaba, intentaría disuadirla con su encanto personal. Lo había usado mucho con sus admiradoras, pero aquello había sido diez años antes. Seguramente, aquel encanto ya había caducado.

Daisy respiró profundamente e hizo todo lo que pudo por pensar en que llevaba un uniforme recién lavado y planchado en vez de aquella ropa. Limpiar y empaquetar las cosas era un trabajo que hacía sudar. No era suficiente que la primera vez que lo había visto pareciera una bruja con una mal día, sino que además, en aquel momento tenía aún peor aspecto. Ni siquiera había podido mejorarse demasiado el pelo.

¿Y qué importancia tenía todo aquello?

Daisy no lo sabía. Realmente, sólo sabía que tenía algo que ver con su voz y con su cara. Por no decir con su cuerpo.

–¿Señorita?

–Eh... sí –respondió ella.

Si alguien le hubiera ofrecido a ella la oportunidad de aprender algo sobre sus raíces, habría aceptado al instante. Lo menos que podía hacer era concederle a aquel hombre el beneficio de la duda.

–Ella es Faylene Beasley –dijo, finalmente, señalando con la cabeza a la asistenta–. Es tarde y las dos estamos muy ocupadas, pero supongo que puedo sacar unos minutos para enseñarle la casa.

La asistenta lo miró con los ojos entrecerrados.

–¿Magee? Me suena. Me apuesto algo a que jugaba al baloncesto.

Kell sacudió la cabeza.

–¿Al baloncesto? No, lo siento, debe de confundirme con otro Magee.

La enfermera ya había salido hacia el pasillo, así que él se apresuró a seguirla. Tenía la sensación de que se le iba a acabar pronto la paciencia, pero antes de que aquello ocurriera, él tenía la intención de sonsacarle toda la información que pudiera. Y si no conseguía nada, al menos disfrutaría de las vistas.

Ella se detuvo junto a las escaleras y dijo:

–¿Faylene lo conoce?

–¿Faylene?

–La asistenta a la que acaba de conocer. Ha dicho que lo conocía.

Asistenta, ¿eh? Pues para ser asistenta, llevaba un uniforme muy curioso. Parecía más bien una conejita del *Playboy* salida del infierno.

–No sé por qué. Supongo que tengo unas de esas caras genéricas, que a todo el mundo le suenan. Se sorprendería de cuánta gente cree que me conoce de algo.

Ella no se molestó en disimular su escepticismo.

Divertido, Kell sopesó la posibilidad de hablarle de sus quince minutos de fama. Había jugado más de cincos temporadas, y tres de ellas en la final, pero

38

si le contaba aquello, habría parecido un fanfarrón. Y tenía la sensación de que aquello no iba a impresionar a la dama.

Distraídamente, se preguntó qué haría falta para impresionarla.

Por su parte, Daisy estaba decidida a enseñarle la casa rápidamente y librarse de él. Abrió una puerta tras otra en el primer piso, permitiéndole echar un vistazo dentro de las habitaciones mientras recorría el pasillo. Con todo su corazón, deseaba que el extraño al que había visto aquella mañana no fuera aún más impresionante de cerca. Estaba haciendo que se dispararan alarmas en zonas de su cuerpo que habían permanecido dormidas apaciblemente desde hacía años.

–Están todas amuebladas más o menos igual –le dijo, mientras abría otra puerta. Sin embargo, antes de que pudiera cerrarla de nuevo, el hombre pasó por delante de ella. Daisy percibió de lleno su intenso olor a cuero, a loción de afeitar y a piel masculina y saludable. Ojalá ella hubiera tenido tiempo para ducharse y ponerse ropa limpia.

¡No! Aquello no era necesario. En absoluto.

La pequeña habitación estaba iluminaba sólo por la luz que salía del dormitorio de enfrente. Sin molestarse en encender la lámpara, ella le dijo:

–No hay nada interesante aquí, así que, por favor...

Sin embargo, en vez de salir, él entró en el cuarto.

–¡Eh, mi madre tenía una cosa de ésas en Oklahoma! –exclamó, como si aquello demostrara más allá de toda duda que los Snow y los Magee tenían algo en común.

El artículo en cuestión era una antigua máquina de coser de pedal. Rindiéndose ante lo inevitable, Daisy entró con él. Cuanto antes satisficiera su curiosidad, antes se marcharía.

–Creo que la madre del señor Snow tenía aquí su cuarto de costura. Me parece que nadie ha usado esta habitación desde entonces, salvo como cuarto de los trastos. ¿Le importa que sigamos? –le dijo. Habría dado unas pataditas en el suelo para demostrar su impaciencia, pero no tenía suficiente energía.

–¿Qué se supone que hay en esas cajas?

Oh, demonios. Se le habían olvidado aquellas cajas.

–Probablemente, telas. Quizá ropa para arreglar que nunca llegó a coserse.

Y, como estaba exhausta físicamente y bajo presión emocional, aquella situación terminó por conmoverla por completo. Se imaginó la escena, aunque no hubiera visto nada igual en toda su vida: un montón de ropa, camisas y pequeños petos, apilados junto a la máquina de coser, esperando a que les cosieran los enganchones y les pusieran parches.

No necesitaba aquello. Realmente, no lo necesitaba. Ni siquiera había conocido a la madre de Harvey. Ni siquiera recordaba que él se la hubiera mencionado alguna vez.

Daisy se dio la vuelta y se tragó un sollozo, pero se ahogó con el siguiente. No pudo contenerse. Para cuando ella comenzó a hacer ruidos con la garganta y a llorar, él ya estaba junto a ella.

–¿Daisy? ¿Señorita Hunter?

¡Dios, qué embarazoso!

–Vaya abajo. Yo sólo... yo...

Él le puso las manos sobre los hombros y la abrazó. Ella sacudió la cabeza.

«No quiero que ocurra esto. Realmente, no quiero».

Pero en realidad, sí quería. Fuera irracional o no, una persona no podía aguantar para siempre las lágrimas.

–Es alergia –murmuró ella, mientras él emitía sonidos suaves, reconfortantes, en un lenguaje universal.

Incluso con la nariz taponada, percibió de nuevo su olor, una esencia de cuero, de madera, masculina. Ella tenía alergia a la colonia de su ex prometido. Jerry era un hombre que se gastaba más en arreglarse cada mes que ella en un año entero. Y usaba la colonia con generosidad.

Magee no se parecía en nada a Jerry. Mirándolo atentamente, ni siquiera era guapo, al menos, no según los cánones de Hollywood, pero la suma total era...

Ella no quería pensar en la suma total, y menos cuando las palabras que le estaba diciendo con aquella voz dulce y lenta le afectaba a regiones del cuerpo a las que no había prestado atención desde hacía mucho tiempo.

Ella lloraba ruidosamente, y aquélla era una de las razones por las que no se permitía llorar ante los demás. Una vez que empezaba, aullaba, se quejaba y chillaba como un lechón de un día de vida.

Y no ayudaba para nada que él siguiera haciendo aquellos ruidos cálidos mientras le acariciaba la espalda. Daisy sentía que él movía la barbilla por la parte superior de la cabeza, probablemente buscando el botón para pararla. Tomó aire profundamente, pero no se apartó. Otros pocos segundos, se dijo.

Quizá tuviera que obligarlo a que cerrara los ojos antes. Como si lo de aquella mañana no hubiera sido suficiente, había que añadirle unos ojos enrojecidos y la nariz húmeda. Y debía de tener el pelo como si acabara de perder una batalla con un calefactor por aire caliente.

–¿Se siente mejor ahora? –le preguntó él, con suavidad.

Por cómo la estaba abrazando, no había manera de que ella no sintiera todos los contornos duros e interesantes de su cuerpo. Aquello era muy vergonzoso.

–Gracias por su... eh... paciencia –dijo ella, con toda la dignidad que pudo–. Si ya ha terminado aquí arriba, Faylene puede enseñarle el piso de abajo –añadió. Después se separó de él y entró a observar la caja de cartón que había desencadenado aquel episodio.

Bueno, qué demonios. Que Faylene se encargara de lo que hubiera en aquella caja. Podía regalársela a alguien o tirarla al río, porque Daisy no podía enfrentarse al hecho de tomar más decisiones.

–¿Por qué no puede enseñármelo usted? –dijo él, con la misma voz cálida, pero ella detectó una dureza sutil que no había estado en su tono un momento antes.

–Porque yo voy a subir a la buhardilla a limpiar –respondió Daisy. Se había olvidado de la buhardilla hasta que aquella caja se la había recordado.

Él salió con ella de la habitación, y Daisy cerró la puerta.

–¿Es ésa la escalera de la buhardilla? Sería gracioso que mi padre se hubiera dejado algo suyo allí arriba, ¿verdad? Supongo que si se dejó algo abajo, ya lo habrían tirado hace mucho tiempo, pero en la buhardilla... nunca se sabe.

Así que, en vez de darse la vuelta y bajar al piso de abajo, él se acercó a la escalera de la buhardilla.

–¿Por qué no lo comprobamos juntos? Sólo serán unos minutos más.

Capítulo Cuatro

Daisy se rindió a lo inevitable. Cuando más pronto averiguara lo que quería saber, antes se marcharía. Al menos, ella podría mantener el control a partir de aquel momento, pese a los ojos enrojecidos, la nariz húmeda y el pelo horrible.

–Está bien. Puede echar un vistazo rápido, pero ahí arriba sólo hay trastos. Esas cosas que no son lo suficientemente malas como para tirarlas, pero tampoco lo suficientemente buenas como para usarlas. Ya sabe cómo son las buhardillas.

–En realidad, no –respondió él–. En el lugar en el que crecí no teníamos.

–Bueno. Está bien. Si tiene que subir, suba –gruñó ella–. Pero rápidamente, porque me queda mucho por hacer todavía.

Las escaleras eran estrechas y empinadas. Había cuatro escalones, un descansillo y cuatro más. Ella lo alcanzó en el descansillo, donde estaba anclado el cordón de la puerta, pero antes de que ella pudiera encender la luz que había al final de la escalera, él se le adelantó.

–Cuidado, hay...

Demasiado tarde. Kell se tropezó con la mecedora que ella había esquivado el otro día, cuando había subido a buscar cajas.

Se inclinó para frotarse la espinilla y dijo:

–Eh, esto me resulta familiar. Quizá lo haya visto en alguna fotografía, o algo así. Es posible, ¿verdad?

¿Cómo podía haberse olvidado ya de lo que había ocurrido en el cuarto de costura, cuando todas y cada una de las células del cuerpo de Daisy estaban gritando de... bueno, no podía ser excitación sexual. Tenía que ser de vergüenza. Se encogió de hombros y dijo:

–Sears Roebuck probablemente vendió miles de mecedoras. Y es muy posible que unas cuantas hayan terminado en Oklahoma.

El brillo de expectación casi infantil se desvaneció de sus ojos.

–Sí, debo de haber visto alguna en el porche de alguna casa, por el camino. En nuestra casa, nos sentábamos sobre cubos al revés, pero cuando teníamos invitados, siempre metíamos el taburete de ordeñar.

Completamente avergonzada de sí misma, Daisy cerró los ojos.

–Lo siento, no quería decirlo de ese modo –sí quería, pero sabía que no debería haberlo hecho–. Estoy cansada y estoy de muy mal humor, pero no es razón para que la tome con usted.

Sería de gran ayuda que él no la distrajera tanto... realmente, se dio cuenta de que se estaba preguntando qué le gustaría a aquel hombre en una mujer, si se sentiría atraído por una mujer práctica y razonable, o por una mujer sexy y con una falta total de pragmatismo. Sin embargo, había una cosa que tenía clara: ningún hombre se sentiría atraído por una mujer que iba tan desaliñada y que se ponía a llorar al ver una vieja máquina de coser.

Mientras él examinaba la mecedora y caminaba por el espacio en penumbra que había bajo el techo de la casa, Daisy se distanció mentalmente pensando en sus planes para el futuro. En pocos minutos, media hora como máximo, él se habría marchado.

Intentó no mirarlo mientras caminaba por allí, tocando cosas, mirando viejas matrículas que alguien había clavado contra los tablones, sacudiendo la cabeza al examinar un par de botas de goma de pescador, secas y cuarteadas. Incluso su forma de moverse la distraía. Aquellas piernas largas, aquellos magníficos glúteos...

«Basta. ¡Deja de pensar en eso! ¡Piensa en Egbert y en lo decente que es. Piensa en su forma de sonreír, con timidez y nerviosismo, cuando te vea avanzar por el pasillo central de la iglesia con un ramo de flores en las manos».

Sería una boda pequeña, Daisy ya lo había pensado. Pero sería en una iglesia. La gente iría guapa, arreglada, pero no sería una boda demasiado formal, porque no tenía sentido comprar un vestido carísimo para ponérselo sólo una vez. Llevaría el pelo más rubio y más corto, pero no demasiado corto.

Y cuando intentó imaginarse toda la escena, el hombre que la esperaba en el altar llevaba pantalones vaqueros, una chaqueta de cuero y botas. Era un hombre que había conocido sólo unas horas antes. Un hombre que tenía una sonrisa de picardía y los ojos brillantes, y mientras lo veía esperándola en el altar, ella sólo podía pensar en...

Demasiado estrés. Simplemente, había perdido la cabeza.

Recuperó la concentración y miró con un sentimiento de culpabilidad a la mecedora.

–Lo siento mucho, señor Magee. Es sólo que... bueno, me afecta mucho encargarme de todos sus objetos personales. Como regla general yo no me encargo de este tipo de cosas, pero el señor Snow no tenía a nadie más y yo detesto la idea de que unos extraños se ocupen de sus cosas. Él era... tenía demasiado orgullo como para eso.

Él no dijo nada, se limitó a mirarla con sus enigmáticos ojos azules.

–Mire, me caía muy bien ese hombre, ¿de acuerdo? Además de mi paciente, era mi amigo, y ésta es la última cosa que puedo hacer por él. Así que, si no le importa...

–Váyase de una vez para que yo pueda terminar, ¿no? –dijo él con suavidad, terminando la frase por ella.

Ella se dio la vuelta, parpadeando rápidamente. Oh, demonios, otra vez no.

–¿Daisy?

–¡Qué! –respondió ella secamente, sin darse la vuelta.

Daisy la imperturbable, conocida por su compostura, estaba dejando que las emociones tomaran el control.

–Hace frío aquí arriba, y usted no va abrigada. Bajemos a la cocina, para ver si esa señora como se llame puede hacer algo de café, ¿de acuerdo?

–Se llama Faylene Beasley, se lo he dicho ya. Trabajaba tres veces a la semana para el señor Snow y los otros dos días trabaja para mis dos mejores amigas, y no sé por qué le estoy diciendo todo esto porque yo nunca parloteo de esta manera.

Él asintió con seriedad y salió delante de ella, probablemente para impedir que se cayera por las escaleras de los nervios.

–Es posible que mi abuela haya estado sentada en esa mecedora –dijo Kell en voz baja, mientras cerraban la puerta de la buhardilla–. No sé si Blalock se lo explicó o no, pero el tío Harvey y mi padre tenían la misma madre.

–Creo que ya lo ha dicho una o dos veces –respondió Daisy. ¿El tío Harvey? Daisy sabía exactamente lo que él estaba intentando hacer: estaba intentando reivindicar sus derechos. Pero ella no tenía que decidir aquello.

–Medio tío Harvey –continuó él–, si es que quiere ponerse técnica. De cualquier forma, Blalock me dijo que Harvey no se casó, y normalmente son las mujeres las que guardan las cosas. Los hombres sólo las tiran, o les echan otras cosas encima. Así que probablemente fue mi abuela la que guardó esa vieja mecedora ahí arriba.

–¿Y? –Daisy debería haberlo mandado a paseo en cuanto había aparecido. Que Egbert se ocupara de él. Aquélla no era parte de su descripción del trabajo.

Ni tampoco lo era limpiar, ordenar y empaquetar cientos de miles de cosas.

–Así que quizá haya fotografías de ella y de sus dos hijos ahí arriba, ¿no cree?

Él esperó a que Daisy respondiera, pero ella no tenía ninguna respuesta. Por lo que a ella concernía, él podía quedarse con todas las fotografías que encontrara. Incluso podía quedarse con la caja de ropa para arreglar. Que Egbert interpretara el testamento de Harvey, y cualquier cosa que averiguara sobre los derechos de aquel hombre.

Daisy esperaba que él se marchara. Pero no lo hizo, así que ella se dirigió hacia la cocina. Que Faylene se ocupara de él.

–¿No cree que es muy significativo que los nombres de Harvey y Evander tengan la letra «v»? Quiero decir... no se oyen muchos nombres con la «v», ¿no?

–Victor, Vance, Vaughn, Virginia... Virgil.

–Mmm... nunca se me habían ocurrido esos. Recuérdeme que nunca más vuelva a intentar un juego de palabras con usted.

Si su sonrisa tenía la intención de desarmarla, no estaba funcionando.

–Yo no juego a juegos de palabras –lo informó.

Él sonrió aún más.

–Muy bien.

Estaban ya a la entrada de la cocina cuando algo golpeó una de las paredes de la casa.

–Oh, no, probablemente será un pájaro. Será mejor que vaya a ver si se ha hecho daño. Algunas veces, cuando ha atardecido, el sol se refleja en el cristal de las ventanas y...

Ella estaba ya corriendo hacia la puerta cuando el sonido se repitió. En aquella ocasión, los dos se miraron, y después miraron en la dirección de la que provenía el ruido.

–Arriba –dijo Kell.

–Fuera –dijo Daisy.

–Puede que sea una rama –murmuró él–. Quizá la haya movido el viento.

–Oh, estupendo. Eso quiere decir que tendré que rastrillar más. Se me había olvidado el patio.

En medio de una tregua tácita, los dos salieron corriendo y buscaron algún pájaro atontado entre las pacanas, los pinos y las ramas rotas que había sobre la hierba.

–¿Por qué no avisan a unos jardineros para que les arreglen el jardín y les corten la hierba?

–Algunas patrullas vinieron después del huracán y recogieron todo lo que Faylene y yo pudimos arrastrar hasta la carretera. Limpiamos los porches y el camino, pero no tuvimos tiempo de hacer más.

–¿Usted también hace el trabajo duro? Creía que era la enfermera.

Daisy se encogió de hombros.

–Como estaba viviendo aquí sin pagar alquiler, intentaba ganarme el alojamiento. De todas formas, es más fácil hacer las cosas por mí misma que intentar encontrar a alguien que las haga, sobre todo ahora.

¿Sobre todo, después del huracán?, se preguntó Kell. ¿O una vez que se había quedado sin trabajo?

–¿Y el canalón? –le preguntó él, recordando que había visto uno de ellos colgando cuando había llegado a la casa.

–Canalón –repitió ella–. Pues sí. Le dije a Egbert que había que arreglarlos, pero él me dijo que había que esperar a que la herencia estuviera resuelta.

–¿Y cuándo será eso?

–Creo que en unos seis meses. No estoy seguro. Egbert necesita tiempo para que aparezcan los posibles acreedores, o algún otro... –Daisy se interrumpió antes de terminar la frase.

–O algún otro solicitante de la herencia. No se

preocupe, yo no soy uno de ellos –dijo Kell, pero ella le lanzó una mirada de escepticismo. Kell no se molestó en decir nada más–. Esta casa está hecha un desastre, ¿no? –musitó.

Ella sonrió fugazmente. Tenía la punta de la nariz rosa, pero aquello no mitigó el impacto. Era curioso, pensó él, porque normalmente le gustaban las mujeres arregladas. Y ella no lo estaba demasiado.

–Si ha sido un trozo de canalón lo que ha golpeado una pared de la casa, yo puedo arrancarlo y bajarlo –dijo él. Kell sabía que ella no quería que se quedara por allí, pero lo cierto era que, cuanto más quería ella que se fuera, más decidido estaba él a quedarse–. Puedo intentarlo ahora mismo.

Muy bien. Magee al rescate. Él sabía dónde estaban los canalones, todo el mundo lo sabía. Incluso sabía que estaban pegados a la casa. Supuso que podría imaginarse el resto.

Se protegió los ojos del sol con la mano y miró el canalón. De la sección que estaba colgando, podría clavetear lo que no estaba inservible y desprender lo demás. Trabajo de hombres, se dijo, e irguió los hombros inconscientemente.

Cuando pensó en que investigar el árbol genealógico de su familia no era la única razón por la que quería quedarse por allí unos cuantos días, él se apresuró a negarlo. De ninguna manera, se dijo. La dama era... interesante, pero no era de su estilo.

–Parece que eso hay que bajarlo –murmuró, mientras estaban hombro con hombro, mirando hacia el alero–. Es una suerte que no haya golpeado aquella ventana y haya roto los cristales.

Daisy asintió y se volvió hacia donde estaba Faylene, con una cesta llena de herramientas.

–Ya te dije que esa cosa no iba a quedarse ahí arriba si cambiaba el viento.

Kell tomó la cesta, y Faylene le dijo:

–¿Quiere que lo ayude a sacar la escalera?

–¿Dónde está? –preguntó Kell, y flexionó los músculos para demostrar su destreza.

–Sé que lo he visto hace unos años –dijo la asistenta, pensativamente–. No fue a un programa de solteros que encuentran a su media naranja en la televisión, ¿verdad?

Él sonrió y sacudió la cabeza.

–No, señora, ni loco, señora Beasley.

Él era soltero, y había salido en la televisión, desde luego, pero nunca en el contexto que ella había mencionado. Antes de que la asistenta pudiera recordar dónde lo había visto, se dio la vuelta, dio un paso y después se detuvo.

–Me preguntaba si sabía adónde iba –comentó Daisy secamente–. El cobertizo está a la vuelta de la casa. La escalera está colgada en la pared exterior. Al menos, allí estaba antes del huracán. Puede que ahora esté en el condado vecino.

–No pasa nada. Pasé por una ferretería cuando venía hacia aquí.

–Usted no va a comprar ninguna escalera –le dijo ella, como si sospechara que él quería congraciarse. Chica lista–. Ahí está –confirmó, mientras llegaban al cobertizo–. Usted tome un extremo y yo tomaré el otro.

–Sería más fácil si yo la llevara sobre los hombros –sugirió él.

Se dio cuenta de que ella quería contradecirlo,

pero simplemente se volvió y comenzó a caminar hacia la casa de nuevo, permitiéndole de aquel modo obtener una vista perfecta de su parte trasera, bien proporcionada y firme. Con un uniforme almidonado, aquella mujer podría parecer un dragón, pero con unos pantalones cortos arrugados, una camiseta y unas zapatillas de deporte sucias, con el pelo recogido en una especie de moño enmarañado, ella era...

Suficiente con decir que dragón era la última palabra que se le ocurría.

Después de colocar la escalera contra la pared, Kell seleccionó unas cuantas herramientas de la cesta y se las metió bajo el cinturón. Después tomó aire y comenzó a subir por las escaleras.

A tres peldaños del final, se movió de un lado a otro para hacer que la escalera se hundiera más en la tierra húmeda. Daisy agarró la escalera con ambas manos mientras él alargaba los brazos para desenroscar la única tuerca que fijaba el canalón al alero, y después la avisó de que se apartara, justo en el momento en el que la sección de canalón caía al suelo.

—¡Ay!

Kell se volvió para ver lo que había ocurrido, y entonces, la escalera se balanceó. Él dejó escapar un grito y se cayó hacia un lado. Los dos acabaron en el suelo mojado. Daisy fruncía el ceño mientras se miraba los arañazos que el canalón le había hecho en la pierna al caer, y Kell se frotó las nalgas y tiró de un racimo de nueces pacanas, sobre el cual había aterrizado. El suelo estaba lleno de cosas.

—¿Está bien? —le preguntó él.

—¿Qué estaba haciendo, intentar amputarme la pierna?

–La avisé de que se apartara.

–Me avisó cuando la cosa ya estaba cayendo.

Él se puso en pie, flexionó los miembros para comprobar que no se hubiera roto nada y después le ofreció la mano.

–Lo siento, supongo que lo hice un poco tarde. No tengo mucha práctica trabajando con canalones.

Ella no le hizo caso a su mano. Se puso en pie y se examinó la herida.

–Será mejor que me cure esto. ¿Se ha roto algo al caer?

–No me he caído, he saltado.

–¡Ja! Sin embargo, ha sido un buen aterrizaje de seis puntos.

–Dos pies y dos manos son cuatro, no seis. Haga la cuenta.

–Pero se ha olvidado de las dos mejillas –contestó ella, mientras entraba por la puerta de atrás, que él estaba sujetando. Miró por encima del hombro y le sonrió–. Espero que no se haya magullado nada de valor.

Bueno, demonios. La mujer tenía sentido del humor. A él le gustaba aquello en las mujeres. Y además, también había acertado con respecto a su boca. Sin rastro de carmín, tenía una sonrisa que podría fundir el metal.

Kell le preguntó si llevaba al día sus vacunas antitetánicas, y ella le lanzó una mirada asesina.

–Soy enfermera –le recordó–. ¿Y qué es usted, a propósito? No lo ha mencionado.

–No sé lo que soy, lo único que sé es que en este momento estoy hambriento y cansado. Ha sido un día muy largo –respondió él, vagamente. No le apetecía comenzar a contarle la historia de su vida, porque sólo serviría para complicar las cosas. Además, parecería un fracasado o un fanfarrón, y él no era ninguna de las dos cosas.

–¿Dónde se aloja? –le preguntó Daisy, mientras destapaba un bote de antiséptico y observaba la herida con atención.

–Anoche dormí en un motel de la autopista. No estoy seguro pero creo que el propietario se apellida Bates –respondió Kell. Se apoyó contra la encimera de la cocina mientras ella se aplicaba el líquido desinfectante con una bola de algodón, cuidadosamente, sobre los rasguños–. Quizá pueda recomendarme otro lugar, preferiblemente uno que esté cerca de un restaurante decente.

–Hay una pensión en el pueblo, pero lleva cerrada desde el huracán. Tienen un problema de humedades.

–¿Y los restaurantes? La mayoría de los que he visto están cerrados, también. ¿Es que la gente de por aquí no come?

Ella tapó el bote y lo dejó sobre la mesa.

–La mayoría de la gente vive por aquí. No necesitan los restaurantes. Hay algunos buenos en Elizabeth City, y hoteles, también. Está a unos treinta y cinco kilómetros de Muddy Landing.

–Ya, lo averigüé cuando estaba explorando la zona, anoche, buscando el pueblo.

–Ah –dijo ella. Lo miró, pero después apartó la vista, como si estuviera avergonzada por el hecho de que él tuviera hambre y no tuviera dónde dormir, mientras anochecía fuera.

Kell hizo todo lo que pudo para parecer muy hambriento y cansado hasta que ella, finalmente, se rindió.

–Oh, por Dios. Quédese a dormir aquí. Hay bastante espacio de sobra.

Él apenas pudo contener una sonrisa de triunfo cuando Faylene entró en la cocina con la fregona, unos plumeros y trapos de limpiar.

–Hay muchas habitaciones arriba –declaró la asistenta–. Aunque ninguna de las camas está hecha. Pero seguro que puedo encontrar algunas sábanas por ahí. Daisy, mi bingo empieza a las siete y tengo que ir a casa a cambiarme primero, así que si vas a invitarlo a que se quede, prepararé la habitación de la esquina –añadió, y después miró a Kell de pies a cabeza con los ojos entrecerrados–. Es una cama muy grande. Supongo que cabrá.

–Gracias, se lo agradezco mucho –dijo Kell, antes de que la oferta pudiera ser retirada–. Estaba pensando en comprarme una tienda de campaña y un saco para poder dormir en condiciones.

Daisy supo, al segundo de haber hecho la invitación, que había hablado demasiado deprisa. La forma en que estaba reaccionando ante aquel hombre, de un modo puramente físico, era ilógica.

–Aunque supongo que antes debería hablar con Egbert –murmuró.

–¿Con Blalock? Buena idea. Seguramente, ya habrá comprobado mis referencias. ¿Le importa que me sirva un vaso de agua fresca?

Mientras Faylene guardaba las cosas de limpiar, Daisy se apoyó contra el refrigerador y observó cómo él se bebía el vaso de agua que se había servido. Bien, era un hombre alto y bien formado. ¿Qué había tan poco común en aquello? Y el hecho de tener los ojos azules tampoco era poco común. Los suyos sólo eran distintos porque él tenía la piel bronceada y el pelo negro, por no mencionar unas pestañas que serían la envidia de cualquier mujer. Y en cuanto a su cuerpo...

Dios Santo, parecía que un alienígena había abducido su cerebro.

–¿Qué? –dijo sobresaltada, al darse cuenta de que él le había preguntado algo.

–Le estaba preguntando si querría que la invitara a cenar –repitió Kell, mientras dejaba el vaso en el fregadero–. A cambio de que me haya dejado dormir aquí, quiero decir. O quizá podríamos pedir comida, si es que está demasiado cansada como para salir. Puedo ir a recogerla yo mismo, si hay algún problema para que la traigan hasta aquí.

Daisy se dejó caer en una silla e hizo un gesto de dolor al sentir que la herida que tenía en la pierna protestaba.

–Ya le he dicho que todo está cerrado desde el huracán.

–Bueno, no importa. En realidad, tampoco estoy tan hambriento. Dormir en una cama que no se hunda hasta el suelo será una maravilla. Ha sido un día muy largo.

Qué demonios, si él iba a ser agradable...

–Mira, si te gusta el pollo frito, tengo unos pedazos en la nevera que necesito cocinar. ¿Se te da bien hacer ensaladas?

Capítulo Cinco

Kell era un mago haciendo ensaladas. Con dili-
gencia, cortó las cebollas dulces y los pimientos,
mientras oía cómo tras él la grasa se deshacía chis-
porroteando en una sartén caliente.

—¡El canal de deportes de la televisión! Sabía
que lo había visto en algún sitio —dijo Faylene,
cuando entró en la cocina para despedirse—. Si va
a freír pollo, oblíguela a que lo haga con grasa de
beicon, o si no usará ese aceite de semilla de colza.
Eso no sabe a nada.

—Es aceite de colza, y será mejor que te des prisa
o te perderás la partida de bingo —le dijo Daisy,
pero con una sonrisa. Era posible que aquellas dos
mujeres opinaran cosas diferentes sobre lo que
era una dieta saludable, pero era evidente que se
llevaban muy bien.

Mientras hacían la cena, estuvieron hablando
sobre comida, un tema poco polémico. Kell divi-
dió la ensalada en dos platos, y miró hacia atrás
para preguntarle qué más cosas podía hacer justo
cuando ella se agachaba ante un armario para sacar algo, ofreciéndole una vista perfecta de la
parte trasera de sus muslos.

Había algo íntimo sobre la línea del moreno de
una mujer, pensó Kell. La mayoría de las mujeres a
las que él conocía lo suficientemente bien como

para saber dónde tenían la marca del sol no tenían marca del sol. La de Daisy estaba más o menos en la mitad de sus piernas.

Se recordó severamente que la línea del moreno de Daisy, por muy provocativa que fuera, no era asunto suyo. Al menos, ella no llevaba medias con los pantalones cortos como la otra señora. Verdaderamente, la asistenta era un poco rara.

Al darse cuenta de que ella lo había sorprendido mirando, Kell soltó lo primero que se le ocurrió.

—Piernas... eh... ramas. Ramas de árboles, quiero decir. Hay muchas por aquí. Estoy seguro de que el tío Harvey trepaba mucho a los árboles cuando era pequeño. ¿Nunca te habló de su infancia?

Sin contestar, ella puso otro muslo de pollo en la sartén y saltó hacia atrás cuando la grasa chisporroteó.

—Cuidado —le advirtió él—. Eso puede hacer mucho daño. Yo conocía a un tipo al que le saltó grasa en un ojo.

—Vaya, y yo me he olvidado las gafas protectoras —dijo ella, con sarcasmo. Sin embargo, él ya estaba empezando a conocerla, y sabía que ladraba mucho, pero mordía poco.

Él se apoyó en la encimera de la cocina y la observó mientras freía el pollo.

—Blalock me dijo que llevabas trabajando aquí más de un año. Supongo que conociste bien al tío Harvey. ¿No te contó ninguna historia de cuando era niño? A la mayoría de los ancianos les gusta hablar de su infancia.

Demonios, él no sabía de qué les gustaba hablar a los ancianos. Por otra parte, sus antiguos compañeros de equipo solían hablar de coches, de partidos de golf y de mujeres. Y en cuanto a los niños con los que trabajaba, sobre todo fanfarroneaban sobre lo que iban a hacer cuando crecieran, desde enrolarse en la Marina hasta construir el avión más grande del mundo.

Lo cual le recordó a Kell que tenía que averiguar lo que pudiera allí, si acaso había algo que averiguar. Aquella vieja mansión decadente no se parecía mucho a la casa donde Evander Magee había pasado sus últimos quince años de vida y Kell había pasado sus primeros catorce, pero si allí había algo de su padre, tenía la intención de encontrarlo. Ni siquiera tenía una foto de su madre y de su padre. Todo se había quemado junto con los trofeos de su madre, los pájaros de patas largas que había tallado su padre y que compartían espacio con un montón de platos de flores y de tazas que había en el armario de la esquina, entre el salón y el comedor. En realidad, no se imaginaba a su padre viviendo en una casa como aquélla, pero le gustaría disponer de unos cuantos días más para experimentar mejor aquella sensación.

–Tu tío... es decir, el señor Snow, no podía subir a los árboles. Nació con artritis reumática. ¿Has terminado con la ensalada?

Kell esperó un largo momento.

–¿Quieres decir que era...?

–Era un hombre maravilloso que no podía trepar a los árboles. Y al verte a ti sobre una escalera, yo diría que tampoco puedes hacerlo. Bueno, ¿está lista la ensalada?

–Ya está en la mesa –respondió Kell.

Si quería pasar más tiempo allí, tenía que elegir

mejor los temas de conversación. Era evidente que había algunas cosas que estaban en zona prohibida.

–Sólo estaba pensando en algunas de las historias de mi padre sobre la caza del oso en el Dismal Swamp. Entonces, yo ni siquiera sabía dónde estaba ese pantano. ¿Te dijo alguna vez algo el tío Harvey sobre la caza del oso? Dudo que sea algo que una persona vaya a hacer sola. ¡Ten cuidado! –exclamó, justo cuando Daisy saltó hacia atrás y se agarró el brazo. Ella dejó escapar un suave juramento mientras Kell la separaba de la cocina–. Demonios, te lo dije. Déjame ver lo que te has hecho.

–Estoy bien –protestó ella, retorciéndose.

Sin embargo, Kell la agarró y le puso el brazo bajo el grifo de agua fría.

–Se te va a formar una buena ampolla. ¿Tienes algo que ponerse sobre la quemadura?

Ella le lanzó otra mirada asesina que le recordó a Kell que ella lo dejaba estar allí a regañadientes. Aunque, en realidad, no necesitaba que se lo recordaran. Con su pelo haciéndole cosquillas en la barbilla, inhaló profundamente, y entonces tuvo que preguntarse cómo era posible que una mezcla entre olor a rosas y a grasa de beicon pudiera hacerlo pensar en noches cálidas y sábanas calientes y enredadas.

Daisy lo dejó cuidando el pollo de la sartén y se marchó a taparse la quemadura. Cuando volvió, la carne ya estaba dorada. Ella lo empujó suavemente para que se apartara, sacó los pedazos de la sartén y los colocó sobre una fuente. Apoyado en la puerta de la nevera, él se dio cuenta de que ella se había hecho una trenza y de que se había humedecido la cara. No necesitaba haberlo hecho. No era la mujer más guapa del mundo, pero tenía algo que realmente lo dejaba impresionado.

Y había una cosa que un hombre inteligente debía saber: que era mejor marcharse cuando comenzaba a impresionarse, o que tendría que enfrentarse a las consecuencias.

Cenaron en la cocina. Kell sabía que tenía que haber un comedor, pero él no lo había visto. Las casas como aquélla seguramente tenían dos comedores, uno para la familia y otro para los invitados.

–¿Cuántas habitaciones me has dicho que tiene la casa? –le preguntó–. No has terminado de enseñármela.

–Bastantes –respondió ella, mientras ponía vinagre en la ensalada.

–Bastantes, ¿eh? –bien, lo intentaría de nuevo. Por alguna razón, para sorpresa de Kell, estaba mucho más interesado en las reacciones que le provocaban sus preguntas a aquella mujer que en sus respuestas.

–¿Los porches cuentan como habitaciones? –le preguntó, dudando si podría tomar otro muslo de pollo o no.

–Si quieres contarlos... Hay cinco habitaciones en el piso de abajo, sin contar los porches, la cocina y una habitación de servicio con un baño contiguo.

–¿Y por qué no cuentas los porches?

Ella se encogió de hombros.

–Cuéntalos si quieres. No importa –respondió Daisy, y tomó otro muslo de pollo de la fuente. Él la imitó.

A Kell le gustaba aquello en una mujer. Un

buen apetito. Hacía que se preguntara cómo era su apetito en otras áreas.

Cuando terminaron, Daisy se puso de pie y comenzó a recoger los platos.

–Déjame a mí –le dijo él, mientras se los quitaba de las manos–. No vaya a ser que te mojes la quemadura.

Sin pensarlo, había comenzado a usar el mismo tono meloso que solía utilizar con las mujeres atractivas y disponibles cuando todavía no era lo suficientemente famoso como para no necesitar tácticas especiales.

Era gracioso pensar que aquellos días ya no le parecían tan maravillosos.

–Antes has mencionado la caza del oso –dijo Daisy, mientras se movía por la cocina, recogiendo los condimentos y limpiando la mesa–. Creo que hubo una cabeza de oso disecada en la biblioteca hasta hace unos cuantos años. Yo nunca llegué a verla, pero en una de las paredes hay un espacio de color más claro que el resto. Parece que había algo grande colgado ahí. Faylene lleva muchos años trabajando en esta casa, y ahora que lo pienso, creo que ella me comentó algo de que tuvieron que quitarla cuando comenzó a tener sarna, o lo que les ocurra a los animales disecados. Polillas, o algo así.

–Si no fue el tío Harvey el que lo mató, probablemente fue mi padre. Creo que sólo tenía dieciséis años cuando se marchó de aquí, pero ya es edad suficiente para cazar –comentó Kell, mientras secaba el último cubierto. Eran piezas pesadas, con una «S» grabada en el mango–. Mmm –dijo, alzando el tenedor al aire para examinarlo–.

Habría sido agradable encontrar una «M», pero supongo que es demasiado pedir.

Daisy casi sintió lástima por el hombre. Si Kell quería encontrar alguna conexión a un lugar, un hombre o una familia, ¿quién era ella para negárselo? Aunque ella no tuviera ninguna gana de conocer a la mujer que la había traído al mundo treinta y seis años antes. La mujer que se había quedado con ella durante tres años, y después la había abandonado en el cuarto de baño de señoras de unos grandes almacenes con una nota prendida al abrigo que decía: *Se llama Daisy y no puedo mantenerla.* Muy poco después la habían adoptado, pero aquello tampoco había salido bien.

La voz de Kell volvió a tomar el mismo tono cálido y dulce del chocolate con el que había intentado engatusarla unos momentos antes.

–¿Qué tal te encuentras? ¿Te duele el brazo? ¿La pierna?

Ella se irguió y se alejó de la encimera, negándose a mirar sus heridas. Debía de estar realmente cansada. Ella nunca había sido muy propensa a tener accidentes.

–Estoy perfectamente –respondió con brío–. Gracias.

Él le lanzó una mirada de escepticismo mientras doblaba el trapo de la cocina.

–No sé cuál es la normativa de caza por aquí, pero aunque mi padre fuera demasiado joven como para obtener una licencia, no creo que hubiera transgredido ninguna ley importante. Era un buen hombre.

«Y tú también lo eres», admitió Daisy en silencio. Se quedó sorprendida con aquel pensamiento.

–¿Cuántas veces has lavado los platos?

Él le lanzó una sonrisa burlona y ella se quedó mirando, hipnotizada, su boca.

–¿Cómo, no estás impresionada por mi técnica?

–Técnica. ¿Es así como lo llamas? ¿Echarle un chorrito de detergente a cada pieza por separado, y después ponerlo bajo el grifo para que se aclare?

–Eh, si estaba haciendo algo mal, deberías habérmelo dicho.

–Yo no he dicho que estuviera mal, simplemente que es diferente.

–No te gusta mi estilo. Eso me duele.

–Lo dudo –respondió ella, secamente.

El problema era que le gustaba demasiado su estilo, teniendo en cuenta que se conocían desde pocas horas antes. Invitarlo a quedarse había sido un error. Era obvio que el hecho de estar cansada y emocionalmente seca estaba comenzando a afectarla al raciocinio.

Le concedería aquella noche, se prometió. Al día siguiente encontraría alguna forma de retirar la invitación.

Los dos levantaron la mano hasta el interruptor de la luz al mismo tiempo, y sus dedos se rozaron. Daisy apartó la mano rápidamente. Demonios, demonios, demonios.

Él le puso la mano ligeramente en la espalda para guiarla hacia fuera de la cocina.

–¿Y sobre pesca? ¿El tío Harvey nunca te habló sobre pesca? Pescar es algo que se puede hacer sentado en la orilla.

Ella se arqueó para alejarse del calor de su roce.

–No, que yo recuerde. Hablaba sobre naufragios y de lo mucho que le habría gustado poder bucear. Creo que tenía libros sobre buceo. Tiene libros sobre todo lo que se le pueda ocurrir, y a todos ellos hay que quitarles el polvo —estaba balbuceando de nuevo. Si tuviera el más mínimo sentido común, lo echaría a la calle y cerraría la puerta con llave, y al diablo los buenos modales y las historias genéticas.

–¿Y vas a quitarles el polvo?

–Al señor Snow no le habría gustado que ningún extraño le hubiera puesto las manos encima a sus pertenencias personales.

–Has dicho que la mayoría de las habitaciones han estado cerradas durante años. ¿Por qué no se mudó a otra casa más pequeña? Debe de ser difícil calentar toda la casa, con unos techos tan altos.

–Porque tenía un profundo sentido de la responsabilidad familiar. Esta casa la construyó su abuelo.

–Mmm... eso hace que me pregunte por qué nunca intentó localizar a mi hermano, si tenía tanto sentido de la responsabilidad familiar.

–Si realmente tenía un hermano.

–Aunque tampoco sé si mi padre intentó ponerse en contacto con él. Papá podía ser... supongo que puede decirse que podía ser muy obstinado.

Daisy no quería oír nada acerca de su familia. Aquel hombre ya era suficiente distracción para ella sin saber nada personal de él. Como enfermera, no tenía demasiados problemas, normalmente, para conservar la objetividad. Pero como mujer no siempre había tenido tanto éxito. Había bastado con la luz de las velas y un poco de música para que comenzara a desvelar secretos que nunca les había contado ni siquiera a sus mejores amigas. Una intimidad había llevado a la siguiente, y antes de darse cuenta, estaba prometida con un idiota mentiroso, taimado y maquinador con la integridad moral de un gato salvaje.

No habría más velas ni tampoco música, se advirtió.

–Supongo que esta habitación es un salón, ¿no? –le preguntó Kell, después de abrir la puerta más cercana y mirar dentro. Sin querer, ella fijó la vista en sus caderas estrechas y se preguntó si se habría hecho daño al aterrizar. ¿Debería ofrecerse ella para frotarle linimento en las partes doloridas? Actuando sólo como enfermera profesional, claro.

–Sí. Hay dos –respondió.

–Pues... yo no soy un experto en antigüedades –dijo, mirando los pesados muebles de la habitación–, pero todo esto me parece bastante feo.

–Intenta moverlo para limpiar por debajo –le dijo Daisy. Rodeando una alfombra de flores muy fea que había en el centro de la habitación, se veía el suelo barnizado cubierto por una capa de polvo.

–Si vais a limpiar debajo de todas estas cosas, necesitaréis ayuda. Algunos de los muebles deben de pesar una tonelada.

Durante los siguientes minutos, caminaron por habitaciones interconectadas, mientras que Kell, valiéndose de habilidades desarrolladas al trabajar con los chicos, le fue sonsacando información sobre la clase de hombre que había sido su medio tío, sobre las cosas que le gustaban.

–¿Tu padre nunca te mencionó la situación de Harvey?

–¿Su situación? No. Ya te he dicho que mi padre nunca mencionó nada acerca de su familia. O, si lo hizo, yo era demasiado joven y demasiado estúpido como para escuchar hasta que fue demasiado tarde.

–El señor Snow pudo conducir hasta hace unos años, pero su biblioteca era su mayor orgullo y su alegría desde la infancia –cuando entraron en la estancia, ella le señaló con la cabeza hacia las estanterías que estaban llenas de libros de niños–. No sé nada de su vida cuando era pequeño, pero es evidente que alguien se gastó mucho dinero en libros y juegos de mesa. Las últimas Navidades empaquetamos varias cajas y se las dimos al Ejército de Salvación.

–Me imagino que habría muchos gastos médicos –dijo Kell–. Eso podría ser la explicación de por qué mi padre se marchó de casa. Para ayudar a ganar dinero.

O quizá porque estuviera celoso de su hermano pequeño, que requería tanta atención. Kell nunca lo sabría, y quizá fuera mejor así.

–Yo le leía a menudo –continuó Daisy–. Le resultaba difícil digerir los periódicos desde que tuvo la última apoplejía, pero los libros... –suspiró–. Él me habló de algunos escritores que yo no conocía. Tenía un sentido del humor maravilloso. Te habría caído muy bien.

–Sí, seguramente sí –dijo Kell, pensativamente, y se sentó en el brazo de un sofá tapizado con una tela muy fea, intentando recordar alguna cosa que su padre le hubiera contado sobre su hermano menor.

Ojalá él no hubiera llegado tan tarde. Hacer un

camino tan largo, después de todo aquel tiempo, y encontrar... nada. Un funeral y una casa llena de reliquias.

Daisy bostezó.

—Ojalá pudiera ayudarte, pero yo sólo llevo viviendo aquí desde agosto del año pasado. Antes de eso, el señor Snow tenía un nutricionista y un fisioterapeuta. Y a Faylene, claro. Yo venía sólo tres veces a la semana —dijo, y volvió a bostezar.

Él miró su reloj. No quería que la noche terminara. Al día siguiente, ella habría cambiado de opinión y no le permitiría quedarse. O Blalock encontraría pruebas de que Evander y Harvey no eran parientes, en cuyo caso, él no tendría ninguna razón para quedarse por allí.

Demonios, y él no quería volver a casa aún. En algún momento, durante las últimas horas, su objetivo había cambiado, y él se había quedado desequilibrado e inseguro. Por no decir también muy excitado.

—Bien, si me disculpas, voy a acostarme. Ya sabes dónde está todo. Tu habitación es la primera a la izquierda justo después de subir las escaleras. El baño está al otro lado del pasillo.

Kell se las arregló para disimular su desilusión porque la noche terminara tan temprano. Tenía la cabeza llena de nuevas preguntas. Y no quería marcharse antes de obtener algunas respuestas.

—Bien, pero no intentes mover estos muebles sin mí —le advirtió él.

—¿Qué tal tienes la espalda? Después de tu caída, quiero decir —le preguntó Daisy, de pie junto a la puerta, y volvió a bostezar. Levantó una mano para taparse la boca, y el movimiento hizo que se le subiera la camiseta lo suficiente como para dejar ver un poco de piel blanca de su cintura.

—Después de mi salto, quieres decir. Eh... bien. Perfectamente —respondió Kell. Tragó saliva, intentando no quedarse mirando embobado mientras su cuerpo reaccionaba y se ponía en alerta. Como cualquier otro hombre con sangre en las venas, disfrutaba de la visión de la piel desnuda de una mujer. Cuanto más desnuda, mejor.

—Estupendo —dijo ella—. Entonces, si tienes tiempo antes de irte mañana, puedes ayudarnos a mover los muebles. Muchos de ellos llevan ahí tanto tiempo que probablemente estén pegados al suelo.

¿Había dicho él algo de marcharse al día siguiente?

—Será un placer —le aseguró él.

Y lo sería, aunque tuviera que herniarse cambiando de sitio aquel monstruo de sofá.

Capítulo Seis

Al día siguiente, Kell volvió a la casa de nuevo a las cuatro de la tarde y oyó voces que provenían del porche. Llegó a tiempo a aquella parte de la casa a tiempo para ver a una despampanante pelirroja alzando su copa en un brindis.

—Gracias, muñeca. Siempre he dicho que lo que distingue a una verdadera señora es su habilidad de servir de una jarra sin derramar ni una sola gota.

—Tú nunca has dicho eso en tu vida —replicó Daisy.

—Además, esto es una botella de cuello ancho, no una jarra —añadió otra mujer que era menos llamativa, pero guapa de una forma más sutil.

—¡Oh, callaos las dos!

Kell no sabía si acercarse o retirarse. Daisy lo resolvió. Al verlo, lo saludó y le hizo una seña para que se acercara al porche, y después le presentó a sus amigas. Antes de que ninguna de las dos pudiera comenzar a hacerle las preguntas de rigor, la asistenta asomó la cabeza por la puerta.

—¿Quieres que empiece a limpiar esa biblioteca antes de marcharme, o esperamos hasta mañana?

Sonriendo, Sasha dijo:

—¡Oh, qué bien, libros sucios!

Daisy esbozó una sonrisa y se volvió hacia la asistenta.

–Me gustaría empezar ahora, si a ti te parece bien.

–Supongo que ésa es nuestra indicación para que nos marchemos. Cuando hayas terminado aquí, Faylene –dijo la pelirroja–, a Marty le vendría bien un poco de ayuda para encontrar un lugar en el que almacenar todos sus libros.

–Siempre y cuando no estén tan sucios como los de ahí dentro... –dijo Faylene–. Nunca había visto tanto polvo. El pobre hombre ya no podía leer, pero no me dejaba tocar ni un solo libro. Decía que él sabía exactamente dónde estaba cada libro, y que yo se los descolocaría.

Apoyado contra la pared, Kell se divirtió con la conversación que tuvieron las mujeres mientras se despedían. Unos minutos después, Marty y Sasha se marcharon en un coche rojo, y Faylene le dio una caja medio vacía de palitos de queso.

–Termínelos, o si no se los comerá Daisy, y no le vienen bien. Y sírvase vino.

Unos minutos después, alimentado con media docena de palitos de queso y con los músculos lubricados por una copa de vino de la región, Kell siguió a Daisy y a la asistenta a la biblioteca, donde movió mesas, sillas y el escritorio. Siguiendo las instrucciones de Daisy, movió una tonelada de libros para que ella pudiera quitarle el polvo a las estanterías y Faylene pudiera pasarles la aspiradora a los montones de volúmenes.

Para cuando había oscurecido, Kell no sólo estaba hambriento y muerto de calor, también sentía dolor en músculos que no había trabajado desde hacía años. Para no pesar más de cincuenta y cinco kilos, Daisy era una dinamo. Y Faylene también.

–¿Tenéis prisa? –les preguntó, observando cómo trabajaban juntas.

–Claro que tenemos prisa. No te preocupes, tendrás tiempo de echar un vistazo antes de marcharte –respondió Daisy. Levantó un brazo para limpiarse el sudor de la frente, y después se pasó la mano por el pelo–. Supongo que será mejor que lo dejemos antes de que me canse demasiado como para hacer la cena.

–Yo no me quedo –dijo Faylene–. Voy a ver un partido de final de temporada esta noche.

–Si sabes algún lugar que todavía esté cerca por aquí cerca –dijo Kell, que no quería que Daisy se sintiera obligada a cocinar para él de nuevo–, llama para pedir comida y yo iré a recogerlo. No me importa recorrer unos cuantos kilómetros.

–Más de treinta y cinco kilómetros –dijo Faylene, mientras se ponía un jersey rosa con caniches blancos bordados–. El partido empieza dentro de media hora. Me voy. Si yo fuera tú, Daisy, me daría una buena ducha caliente. De lo contrario, mañana estarás más tiesa que una tabla de planchar.

Eso podría funcionarle a Daisy, pensó Kell, pero en su caso, sería mejor una ducha fría.

Desatada, su imaginación dibujó una imagen de ellos dos en una bañera de agua caliente, con los grifos abiertos por completo, música suave de fondo y quizá un vaso de aquel whisky de malta de dieciocho años que guardaba en su despacho, en casa. Quizá fuera el aire de aquella zona lo que lo estaba afectando al cerebro.

En cuanto se cerró la puerta tras la asistenta, Daisy se volvió hacia él y le dijo:

–Si hay algo más que quieras ver por aquí, míralo ahora, porque no tengo intención de quedarme mucho tiempo más.

–Mensaje recibido. Bueno, ¿qué hay de esa cena para llevar? –no iba a permitir que lo distrajeran de su objetivo.

–¿De verdad no te importa recorrer toda esa distancia? Puedo decirte cómo llegar hasta allí, pero será mejor que llame primero para asegurarme de que todavía está abierto. Hacen una carne a la parrilla estupenda.

–Lo que quieras. Llama y yo iré a recogerlo. ¿Necesitamos algo para beber? ¿Vino? ¿Cerveza? –preguntó él.

Ella sonrió entonces, y, aunque estaba exhausto, él tuvo que sonreír también.

–No más vino, gracias. Haré té frío.

–¡Béisbol! –exclamó Faylene, señalándolo con el dedo cuando lo vio a la mañana siguiente. Aquel día llevaba un pañuelo de flores rosas en el pelo, con el jersey rosa, los pantalones cortos y las medias–. Hace unos años jugaba con Houston... ¿o era con Seattle? Se lo dije, nunca se me olvida una cara. ¿Qué era, primera base o *short stop*?

Daisy miró hacia arriba desde el armario de la limpieza, donde estaba agachada buscando una lata de cera para los muebles.

–¿De verdad?

Kell se quedó azorado.

–Fui lanzador durante unos años. ¿Qué quieres mover primero, lo que hay en medio de la habitación?

Faylene se quitó el pañuelo de la cabeza.

–Perdón por la peste. La señorita Sasha me llamó ayer y me dijo que pasara por su casa de camino al trabajo porque tenía algo que darme. Ya te había contado que tenía las puntas muy abiertas, Daisy. Lo que me ha dado huele muy mal, pero si funciona, supongo que merece la pena. Aunque tengo que dejar de llevar la permanente. Sasha dice que es eso lo que hace que se me rompa el pelo –dijo. Y sin perder el hilo de la otra conversación, se volvió hacia Kell–. ¿Le he contado que el chico de mi hermana juega al béisbol? Y es bueno, también.

–¿Cuántos años tiene?

–Catorce. Es bajito para su envergadura, pero es muy rápido, y vaya si sabe darle al bate. Juega después del colegio en ese descampado que hay junto al Feed and Seed, por si acaso quiere ir a verlo.

Él también era bajo para su envergadura, y también sabía usar el bate. Conectar quizá fuera otra cosa. Los familiares no siempre eran objetivos en lo que a sus niños concernía.

Kell le prometió a la asistenta que se dejaría caer por allí y le echaría un vistazo, porque el lugar del que le había hablado estaba de camino al pueblo. Tenía pensado ir a presionar un poco a Blalock. O el banquero estaba retardando las cosas deliberadamente, o estaba mucho más ocupado de lo que parecía.

Daisy se incorporó con una lata de cera para los muebles y unos cuantos trapos en las manos. Mientras iban a limpiar, Kell no pudo evitar preguntarse cómo se habrían arreglado aquellas dos mujeres si él no hubiera aparecido.

–Está bien, ¿quieres que mueva las cosas al centro de la habitación o junto a la pared? –si había que mover todos los muebles de la habitación, aquello podría proporcionarle unos cuantos días más. En cuanto a cómo iba a usar aquel tiempo, era algo que estaba abierto al debate.

Sabía cómo le gustaría usarlo. En una vieja cama de aquella casa, sin límite de tiempo, explorando todas las formas en las que un hombre y una mujer podían darse placer. No tenía sentido, pero era así.

–Si puedes mover los muebles y ponerlos sobre la alfombra, nosotras le daremos cera al suelo y lo abrillantaremos –dijo Daisy–. No sé qué hacer con la alfombra. Quizá pudiéramos usar una de esas máquinas que alquilan en el supermercado del pueblo, o quizá baste con pasarle la aspiradora minuciosamente.

Al otro lado del pasillo sonó el teléfono.

–Vaya, hombre –murmuró.

–¿Quieres que conteste yo? –preguntó Faylene.

–No, mejor iré yo. Probablemente será Egbert.

Desde la puerta, Faylene se puso la mano en la cadera y sacudió la cabeza.

–Esa mesa de ahí, aunque no lo parezca, puede pesar una tonelada. Es de roble macizo. ¿Usted cree que alguien querrá esas flores secas? Quizá pudiera renovarlas un poco con un bote pulverizador de pintura.

–Eh... sí, seguramente sería una ayuda –respondió Kell. ¿Qué demonios sabía él de flores secas? Se acercó al sofá, lo tomó por un extremo y lo aproximó a la alfombra cuanto pudo. Después se acercó al otro extremo y repitió la operación, acercándolo poco a poco a su posición.

–Podría comprar un par de botes en la ferretería, quizá rosa y azul. El lunes voy de compras con la señorita Marty. Se supone que es un secreto, pero yo las he oído hablar a la señorita Sasha y a ella. Van a cocinar algo, y no quieren que me ponga los pantalones cortos.

–Eh... claro. ¿Quiere que aparte también aquella mesa?

–Pondré las flores en el vestíbulo. No creo que nadie quiera un búho disecado. Yo, desde luego, no. ¿Y esa otra cosa, el proyector de diapositivas?

–Será mejor que le pregunte a Daisy.

–El banco, probablemente, lo dará todo a asociaciones benéficas. No sé qué pasará con la casa. Se supone que hay una sociedad que la va a heredar. Pero si yo fuera ellos, la subastaría y me quitaría problemas de encima. He oído que hay una cadena de supermercados que está buscando propiedades por aquí.

«Sobre mi cadáver», pensó Kell. Estaba a punto de ponerse a defender su hogar ancestral cuando Daisy apareció y le tendió el teléfono inalámbrico.

–Ten, es para ti.

Él arqueó las cejas.

–¿Quién es, Blalock?

Ella sacudió la cabeza.

–No, es una mujer. No me ha dicho su nombre, sólo ha preguntado por ti.

Así que no era nadie que lo llamara para decirle que había encontrado pruebas genéticas que demostraban que aquella rama de los Magee no tenía ningún tipo de conexión con los Snow del pueblo.

–¿Diga? Soy Magee –respondió él con cautela, sin apartar la mirada de Daisy.

–Kell, soy Clarice. Moxie está en la cárcel, y necesito que hables con el jefe Taylor. No quiere escucharme.

Él se separó el auricular de la oreja para protegerse el tímpano.

–Está bien, cálmate, cariño. ¿Tan mal está la cosa? –algunos de los chicos con los que trabajaba tenían tendencia a recaer, y Moxie, de quince años, era uno de los más proclives.

Sosteniendo el auricular a unos cuantos centímetros de distancia, Kell escuchó la voz chirriante del otro lado de la línea, asintiendo de vez en cuando.

–Sí... sí... mmm... no, no hagas eso.

Daisy se había llevado a Faylene a la habitación de al lado para darle algo de privacidad, pero tenían que estar oyendo todo lo que él decía. Y posiblemente, lo que decía Clarice también. Clarice era una de las chicas con las que él había trabajado. Se había hecho mayor e iba a abrir su propia tienda. Tenía propensión a gritar un poco cuando estaba nerviosa.

–Mira, llamaré al jefe y se lo explicaré. Sí, ahora mismo. Aunque es posible que esta vez no ceda. En ese caso, Moxie tendrá que aguantar ahí dentro hasta que... bueno, bueno, deja de preocuparte. Concéntrate en prepararte para el gran día. Quiero ver esa señal de neón brillando cuando llegue, ¿de acuerdo? –suspirando con cansancio, esperó a que la chica terminara de hablar–. Claro que estaré allí. Te lo he prometido, ¿no?

Apretó el botón y respiró hondo. Después salió

al pasillo donde estaban Daisy y Faylene, fingiendo que no habían oído nada. Él se anticipó a las preguntas.

–Bueno, parece que esta amiga mía tiene un problema. ¿Os importaría que pusiera una conferencia? Desviaré el cargo a mi cuenta de teléfono.

–¿Y cómo consiguió ella este número? –le preguntó Daisy. Su mirada no era heladora, pero tampoco era muy cálida en aquel momento.

–Mi teléfono móvil no tiene cobertura en este pueblo, así que la llamé ayer, puse la llamada en mi cuenta y le di el número por si tenían alguna emergencia. No creí que tuvieran que llamar.

Daisy tenía una expresión de desconfianza en la cara. Él había creído que había conseguido superar su reserva inicial, pero quizá no fuera así. Tendría que ganársela de nuevo, pero antes tenía que resolver unas cuantas cosas en casa.

–Supongo que debe de haber una emergencia si tienes que hablar con el jefe. ¿Puedo preguntarte de qué? ¿El jefe de policía? ¿De bomberos?

–Eh... de policía.

Ella no dijo nada más. No tenía que hacerlo, con la mirada lo transmitía todo. Kell entendió el mensaje, pero tenía que hacer lo que tenía que hacer.

–Mira, después te lo explicaré todo, pero antes necesito llamar al jefe Taylor, si no te importa –dijo. Alzó el auricular del teléfono y se dio la vuelta.

Las dos mujeres volvieron al salón.

–Creía que tenías a un buen tipo aquí –le dijo Faylene a Daisy en voz baja–, pero ahora no sé qué decirte. ¿Te ha dicho que era una estrella del béisbol antes de desaparecer de la liga? Con tanta gente como se queda sin equipo y después consigue un contrato en otro, nunca llegué a enterarme de lo que había sucedido con él.

–Tú y tus partidos de béisbol –dijo Daisy, distraídamente, mientras miraba a su alrededor por la estancia. Nunca debería haberlo invitado a quedarse. A Egbert no le iba a gustar. Sin embargo, cuando lo había hecho le había parecido lo más correcto.

–Tú quédate con tus novelas de amor si quieres, pero cuando a mí me mata el cansancio y el dolor de pies, lo que mejor me sienta es sentarme en el sofá con una cerveza fría a ver un puñado de monumentos con pantalones ajustados corriendo por el campo.

Capítulo Siete

El aire que llegaba a través de la ventana abierta olía a humedad, a orilla de río, en vez de a campos de soja y a bosques de pinos. Daisy bostezó y se estiró. Era evidente que el viento había cambiado. Y si iba a llover, ella esperaba con todas sus fuerzas que terminara antes del miércoles. Todavía no estaba completamente segura de que los planes que habían hecho para Faylene y Gus fueran a salir bien, pero una vez que Marty había cerrado la librería, su amiga necesitaba una distracción.

Rodó hasta ponerse de costado y acarició con el pie la suave sábana de percal. Aquél siempre había sido su momento favorito del día para hacer planes, antes de que los eventos del día comenzaran.

Aquello le recordó un gran evento: la llegada de Kell Magee. Pese a que lo conocía desde hacía sólo unos días, le había causado una gran impresión. ¿Cuánto pensaría quedarse? Si la mujer que lo había llamado era una empleada, cuanto antes volviera él a su casa, mejor. Ella no parecía especialmente capacitada, porque él había tenido que llamar a la policía en su nombre.

Aunque aquello no era asunto suyo, se dijo Daisy.

El problema era que, cuanto más tiempo pasaba él allí, ayudando, con su aspecto sexy y nostálgico, haciendo preguntas que ella no podía responder, más difícil era mantenerse fría.

Movió el pie de nuevo por la cama estrecha, imaginándose cómo sería encontrarse con su pantorrilla cálida y peluda. Entonces, con una exclamación de impaciencia, se sentó en la cama y se frotó el cráneo, intentando que la sangre volviera a circularle por el cerebro.

El orden del día sería levantarse, terminar lo que tenía que terminar, salir de allí y continuar con sus propios planes.

–Y, de paso –murmuró–, olvídate de que has conocido a Magee.

A finales de aquella semana, o quizá antes, ya habría terminado. Y para entonces, Kell habría solucionado sus asuntos y se habría vuelto a Oklahoma.

Bien, perfecto. Entonces, todo arreglado. Un vaquero con suerte nunca sabría lo cerca que había estado de verse asediado por una mujer hambrienta de sexo cuyo cerebro estaba de permiso temporal.

Cuando ella se duchó, se arregló y bajó a la cocina, Kell ya había salido. Aquello significaba que aquel día no estaría en la casa, ofreciéndose a ayudarla con el trabajo, ni tentándola con sus sonrisas rápidas y perezosas, y con sus frases de doble sentido.

Bueno, no eran de doble sentido, pero con aquella voz de chocolate caliente, una simple pregunta sobre la escuela del pueblo parecía una proposición pecaminosa.

–Señorita Daisy, es usted patética –se dijo, un poco preocupada.

Por lo menos, de todo aquello podía sacar en claro que sus hormonas no habían caducado.

La casa estaba demasiado silenciosa cuando terminó de desayunar. Lavó su taza y su plato y los dejó secando en el escurridor mientras se preparaba mentalmente para la tarea de organizar las últimas cosas que quedaban en la biblioteca, montones de periódicos, álbumes de fotos y el gran escritorio. Ella odiaba tener la responsabilidad de elegir lo que se tiraba a la basura y lo que se conservaba, pero Egbert le había pedido que lo hiciera. Ella había conocido a Harvey mejor que nadie en sus últimos días.

Al atardecer, Daisy estaba exhausta y sucia hasta los codos. Había ordenado los periódicos y había guardado los álbumes de fotos para, a menos que Egbert tuviera algo que objetar, ofrecérselos a Kell. Podía llevárselos a Oklahoma y resucitar una historia familiar completa, real o imaginaria.

Después de terminar en la biblioteca, fue a la cocina y se puso a beber agua fría directamente del contenedor de la nevera antes de lavarlo y volver a llenarlo, y mientras lo hacía, oyó el sonido del motor del coche de Kell. Si hubiera querido causarle una buena impresión, cosa que no quería especialmente, aquél era el peor modo de conseguirlo.

Para ser sincera, Daisy tenía que admitir que, en el fondo, en su cabeza había empezado a tomar forma un plan. Para cuando él volviera, ella ya habría terminado con la biblioteca, y se imaginaba sentada en el porche, con una ropa informal, pero favorecedora. Si él se acercaba lo suficiente, podría percibir el olor a rosas de su crema corporal, pero nada más intenso. Quizá un poco de colorete y de brillo de labios con color...

En vez de eso, estaba lloviendo ligeramente, así que no se podía estar en el porche, y ella parecía Cenicienta en un mal día. Olía a polvo y a abrillantador de muebles. Nada parecido a lo que había imaginado.

–Aquí estás –Kell asomó la cabeza por la puerta de la cocina. Tenía el pelo y la cara húmedos por la lluvia, una sonrisa resplandeciente y los ojos brillantes.

–Parece que has tenido un buen día –dijo ella.

–Pues sí.

–Estupendo. Yo también –puso el contenedor de agua en el fregadero, le añadió una gota de detergente y abrió el grifo.

–¿Has cenado ya? He encontrado una gasolinera con área de servicio no muy lejos del pueblo, y hay un pequeño supermercado –dijo él. Puso su chaqueta de cuero húmeda sobre el respaldo de una silla, pero después lo pensó mejor y la colgó en el perchero de la entrada.

¿Cenar? Daisy ni siquiera había comido, aunque no iba a decírselo. Lo que menos necesitaba era que él se ofreciera a conseguir la cena, porque ya estaba en un estado suficientemente debilitado.

–He comido tarde –mintió–. Si tienes hambre, quedan unas cuantas latas de sopa en conserva en la despensa.

Él estaba mirando las cajas que ella había colocado en el vestíbulo, para sacarlos al coche en cuanto dejara de llover.

–¿Qué es todo esto? –le preguntó Kell, señalándole las cajas con la punta de la bota.

–Cosas que no sirven –dijo ella–. Algunas van a la basura, otras a la tienda de segunda mano.

–¿Y crees que hay algo que pueda interesarme?

–Lo dudo. He dejado los álbumes de fotos en el escritorio de la biblioteca. Si te interesan, te agradecería que los miraras y te llevaras lo que quieras, porque lo demás lo voy a tirar mañana.

Él esperó un segundo, y después dijo:

–Nos duele la cabeza, ¿verdad?

–No, no nos duele la cabeza –respondió Daisy.

Pero sí le dolía. Había empezado a dolerle en cuanto él había entrado en la cocina y la había sorprendido con aquel aspecto.

–Siéntate y deja que te quite un poco de esa tensión.

–No, gracias, no estoy tensa, sólo estoy cansada –respondió ella en tono cortante. Estaba a la defensiva, pero no tenía ninguna razón en particular para estarlo.

–Daisy –dijo él, suavemente–, eh, he recibido buenos masajes muchas veces, y funciona.

–Lo sé. Yo también he dado masajes terapéuticos durante años.

–¿Y no puedes dejar que te den uno?

Antes de que pudiera escapar, él le puso las manos sobre los hombros e hizo que se sentara en una silla. Lentamente, comenzó a mover los pulgares. A ella se le escapó un suave gemido.

–Estás demasiado tensa.

Daisy dejó caer la cabeza hacia delante. Estaba tensa, cierto. Por desgracia, no toda la tensión estaba en sus hombros.

–Hoy he conocido a gente interesante –le contó él, mientras le masajeaba la nuca.

–¿Mmm?

–Un par de señores de Elizabeth City. Uno de ellos pertenece a la sociedad histórica y vive en Wellfield Road. Un hombre fascinante. Es increíble todo lo que sabe. Parece una enciclopedia andante.

Ella dejó escapar un suave sonido cuando él tocó un punto especialmente sensible.

–¿Te duele? –dijo él, y suavizó la presión que estaba ejerciendo en la nuca de Daisy.

–Un poco. Pero me siento mejor, de verdad –respondió ella, con un suspiro.

–Lo que necesitas es una buena ducha de agua caliente. Ponte el chorro en el cuello, y durante un buen rato, y después te sentirás como si flotaras.

–Si es que puedo moverme –respondió ella, y tuvo que reprimir una carcajada al darse cuenta de que tenía la tentación de echarse a sus brazos y pedirle que redirigiera sus cuidados terapéuticos.

Diez minutos después, al menos, tuvo que admitir que Kell tenía razón en cuanto a la ducha. Oyó ruidos que provenían de la cocina y se dirigió hacia allí, limpia y oliendo a crema de cuerpo perfumada, y con su último par de pantalones anchos que tenía limpios.

–La sopa está lista –anunció Kell. Se había puesto el trapo de la cocina a modo de delantal, sujeto en el cinturón. Ella miró el trapo y notó que se ruborizaba.

«Advertencia: demasiada curiosidad puede ser perjudicial para su salud».

–Pruébala. ¿Demasiado rábano picante? –le dijo él, mientras le ofrecía una cuchara de mango largo que había usado para revolver lo que estuviera en el cazo, sobre el fuego.

–¿Es de tomate? –preguntó Daisy, y tomó la cuchara. Sus dedos se rozaron, y ella podría haber jurado que habían salido chispas de aquel contacto.

–Con unos cuantos de mis toques de gourmet. No soy un ignorante total en la cocina, ¿sabes?

Ella lo probó, aunque no porque estuviera completamente hambrienta, cosa que sí estaba en realidad, sino porque no podía resistirse a un hombre alto y guapo que llevaba unos pantalones vaqueros y un trapo a modo de delantal. No importaba lo que le estuviera ofreciendo.

–¡Oh, Dios mío! ¡Vaya! –exclamó Daisy. Los ojos se le llenaron de lágrimas mientras intentaba recuperar la respiración.

–¿Demasiado picante?

–Qué curioso, no había oído que saltara la alarma contra incendios.

–Lo siento. Había un terrón al fondo del frasco, y cayó antes de que pudiera agarrarlo con la cuchara.

Ella se abanicó la boca y tomó la leche de la nevera para calmarse el calor de la garganta.

–Echa otro bote de sopa al cazo. Quizá si lo diluyes... –jadeó.

Cenaron aquella delicia de pirómano, como la bautizó Daisy, que Kell había preparado a partir de una inocente sopa de tomate en conserva, con unos cuantos ingredientes incendiarios. Sin embargo, no parecía que a él lo molestara el picor en lo más mínimo.

–¿Y qué te contó tu amigo histórico? –le preguntó, cuando estuvo segura de que le funcionaba la lengua de nuevo.

–Conocía a mi padre... o al menos, eso cree. También me dijo que había ayudado a los hermanos Wright a encontrar un sitio donde aparcar sus bicicletas mientras probaban su avión. Eso significa que él era bastante precoz, por decirlo de algún modo. No puede ser tan viejo. ¿Quieres terminarte la sopa?

–No, gracias –respondió ella, rápidamente.

–¿Qué tal la tensión?

–Mejor. Ha desaparecido, de hecho –«pero no por mucho tiempo, si sigues mirándome de esa manera».

–¿Te apetece enseñarme esos álbumes de fotos esta noche? Dejaré los platos en remojo y los lavaré más tarde.

Daisy no quería pasar más tiempo a solas con él, por la sencilla razón de que tenía muchas ganas, demasiadas, de estar a solas con él.

–Tengo que llamar a Egbert –dijo, para recordarse lo que era importante y lo que sólo era temporal.

–¿Y no puedes dejarlo para mañana?

Ella cedió con demasiada facilidad.

–Supongo que sí. Sólo necesito asegurarme de lo que tengo que tirar y de lo que tengo que dejar aquí.

–¿Tirar? –preguntó él, en tono de preocupación.

Daisy tuvo ganas de acariciarle la frente para que dejara de fruncir el ceño.

–Donar, o reciclar. Me pondré en contacto con

la biblioteca, pero supongo que probablemente ya tendrán todos los números atrasados de *State Magazine* y de *The Daily Advance* que necesitan.

Entre los dos, pusieron los platos en el fregadero, y después fueron a la biblioteca. Con cautela, casi como si tuviera miedo de lo que iba a encontrarse, Kell tomó uno de los álbumes.

—Mientras tú los miras —le dijo ella—, yo terminaré de vaciar estos cajones.

Como albacea, Egbert ya se había llevado todo lo que era pertinente para organizar la herencia, pero no se había molestado en mirar el resto del contenido de los cajones. Daisy se sentía halagada porque el banquero confiara en ella para hacer algo que técnicamente era responsabilidad suya.

Comenzó con el cajón de en medio. Había algunos clips, un cuaderno de publicidad de una inmobiliaria y un abridor de cartas. Lo vació todo en la caja de la basura y abrió el siguiente cajón.

De vez en cuando, Kell hacía un comentario mientras pasaba las páginas del viejo álbum. En una ocasión, dejó escapar una carcajada.

—Ven aquí un momento, quiero enseñarte una cosa —le dijo, muy sonriente.

Por muy decidida que ella estuviera a no dejarse involucrar en su odisea, no había forma de negarse a aquello.

—¿Qué es lo que te hace tanta gracia?

Él le señaló una foto de un joven que estaba en una escalera, detrás de un árbol de navidad medio decorado, sosteniendo una guirnalda de acebo sobre su cabeza, como si fuera un halo. Llevaba un trapo alrededor de los hombros, que seguramente tendría que estar escondiendo el pie del árbol.

A Daisy no le costó mucho reconocerlo, aunque el muchacho se estaba riendo tanto que casi tenía los ojos cerrados.

–Ése es Harvey. El ángel de la copa del árbol –dijo ella suavemente–. Te dije que tenía sentido del humor, ¿lo ves?

Entonces, ella fijó la mirada en otra de las fotografías de aquella página. Había un chico delgado y descalzo, con un peto, tirando de un carrito en el que había otro niño. Los dos se estaban riendo. Al reconocer al pasajero por la curva de su espalda, Daisy tuvo ganas de llorar.

Pero Kell le estaba señalando al otro niño, al que tiraba del carrito.

–Me apuesto algo a que éste era mi padre –dijo. Los dos niños no se parecían en absoluto, pero tampoco era una fotografía demasiado buena.

Sin pensarlo, Daisy le apretó el hombro y después volvió hacia los cajones que estaba vaciando. Compartir demasiadas emociones podría resultar perjudicial para la salud de una mujer, se recordó, mientras seguía ocupándose de los objetos de escritorio que había en aquellos cajones: gomas, sellos viejos, más clips, docenas de lapiceros y bolígrafos, algunos con capucha, otros sin ella. Dejó a un lado los sellos y tiró todo lo demás.

En el siguiente cajón sólo había una caja de papelería personalizada. Tampoco tenía sentido guardar aquello, se dijo, mientras la ponía en la caja para tirar. Estaba a punto de cerrar el cajón cuando un papel que había al fondo le llamó la atención. Era un sobre cuadrado. No tenía destinatario ni remite, pero sí tenía un sello de veintitrés céntimos pegado en la esquina superior derecha.

¿Veintitrés céntimos? ¿Cuánto tiempo había estado allí? Con curiosidad, le dio la vuelta. Estaba cerrado, y después de un momento de duda, pasó el dedo bajo la solapa y lo abrió.

–Oh, no –susurró al ver una tarjeta de San Valentín en forma de corazón. Escrita a mano sobre la cara del ángel de la tarjeta había una frase–: Tan cierto como que las rosas son rojas y las violetas azules, alguien que conoces está enamorado de ti.

La tarjeta estaba firmada por Harvey Snow.

Hasta que Kell no se acercó a ella y le tocó el hombro no se dio cuenta de que había leído aquellas palabras en voz alta. Y no tuvo ni idea de que las lágrimas se le derramaban por las mejillas hasta que él se las enjugó con los dedos.

Sólo hizo falta un roce. Cuando se abrieron las compuertas, ella se volvió hacia él y apretó la cara contra su cintura. Él se quedó junto a su silla, dándole golpecitos en el hombro, con la mano apoyada en su nuca.

–Me da mucha vergüenza –balbuceó ella, entre sollozos–. De verdad, yo nunca lloro.

–Shh, ya lo sé.

Kell la levantó de la silla y se la llevó hasta el sofá. No hizo ademán de separarse de ella ni siquiera cuando Daisy pudo dejar de llorar, unos minutos después. En vez de eso, se recostó en el respaldo, abrazándola, con su cara escondida en el pecho.

–¿Daisy? –murmuró, después de un rato.

Ella hizo un ruidito con la nariz.

–Ya estoy bien –respondió. Y lo estaba, de veras. En un minuto podría recuperar la compostura, incorporarse y disculparse por empaparle la camisa. En cualquier momento.

–Daisy, mírame.

–Prefiero no hacerlo, si no te importa –dijo ella.

Sabía muy bien qué aspecto tenía. Ninguna mujer de la tierra podía estar atractiva con unos pantalones anchos, y si a aquel detalle se le añadían los ojos enrojecidos y la nariz roja, entonces podía tirarse ella también a la caja de la basura.

Él siguió medio tumbado, acariciándole la espalda y haciendo aquellos sonidos relajantes, posiblemente con la intención de consolarla. Daisy debería decirle que no era aquél el efecto que estaba consiguiendo.

Tomó aire profundamente, y de repente se dio cuenta de que estaba pegada a su pecho como un tartán, con un brazo extendido sobre su hombro. Y además, estaba demasiado cómoda como para querer moverse.

–¿Te encuentras mejor? –le preguntó él, con la voz vibrante.

–Una tarjeta de San Valentín –¿para quién? ¿Por qué no la había enviado nunca?–. Es tan triste –susurró Daisy.

–Sí –dijo él. Estaba acariciándole la nuca con el dedo pulgar. Si estaba intentando relajarle la tensión de nuevo, no lo estaba consiguiendo en absoluto. Un cubo de agua fría habría sido mucho más efectivo.

Ella volvió a tomar aire e inhaló su esencia limpia, el olor a aire fresco que había acabado por asociar con él. Si aquel olor pudiera embotellarse y venderse, alguien se haría millonario.

–Me preguntó quién sería ella –susurró Kell.

Daisy sacudió la cabeza.

–Pobre Harvey.

De mala gana, se preparó para incorporarse. Sin embargo, cuando ya había levantado el brazo de su hombro, lo miró a la cara. Un rato antes, sus ojos eran azules, pero en aquel momento eran casi negros, rodeados de un círculo casi incandescente.

Cuando él murmuró «Daisy, voy a tener que besarte», ella ni siquiera intentó resistirse. Algunas cosas eran simplemente inevitables.

Un poco más tarde, después de haberse besado hasta que Daisy estaba a punto de desmayarse, pensó que el problema de aquellos pantalones anchos era que no se abotonaban por delante.

Aunque tenían la ventaja de que permitían el paso, por la cintura, de un par de manos experimentadas.

Después de acariciarle las caderas, Kell subió por sus costados hasta que encontró sus pezones endurecidos. Los dos dejaron escapar un gruñido. Le tomó los pechos con las manos y la volvió loca, mordisqueándola y lamiéndola, hasta que Daisy quiso desgarrar toda la ropa que llevaran, cualquier cosa que pudiera aliviar las necesidades de su cuerpo.

«No soy una mujer sensual», pensó desesperadamente.

El problema era que tenía una prueba de lo contrario.

–¿Tu dormitorio? –le preguntó él, ansiosamente.

–Aquí, ahora. ¿Por favor?

Si tenía que moverse, era posible que recuperara el sentido común, y aquello era lo último que quería que ocurriera.

Él le desató el cordón de los pantalones y se lo abrió. Daisy oyó el ruido de una cremallera bajando justo cuando sentía el frío en las zonas más cálidas de su cuerpo.

¿Por qué estaba sucediendo aquello? ¿Cómo era posible que fuera tan natural, y tan bueno? Las manos de Kell eran mágicas, y cuando reemplazó las manos por la boca, ella dejó escapar una cascada de gemidos que la hubieran avergonzado si se hubiera dado cuenta. Una y otra vez, él la llevó al precipicio, pero la recogió antes de que pudiera volar sobre él.

Los dos estaban jadeando cuando Daisy le pidió:

–Rápido, rápido...

Al mismo tiempo, él le preguntó:

–¿Tomas...?

–¡Sí!

–¿La píldora?

Ella dejó caer la cabeza sobre el brazo del sofá.

–No, pero, ¿tú no tienes...?

Él estaba apoyado entre sus muslos, caliente, rígido y preparado.

–En casa, en la mesilla de noche. No los he traído...

Tan desilusionada que habría podido echarse a llorar, ella apretó las piernas y le atrapó, sin querer, algo que hubiera querido atrapar en otro sitio.

–Bueno, esto es realmente estúpido.

–Sí –dijo él, pero no hizo ningún movimiento para liberarse. Deslizó la mano entre ellos dos y le pidió–: Deja que haga esto por ti...

94

Ella sacudió la cabeza.

–No, por favor. Déjame...

Con la mayor delicadeza, él le tapó de nuevo los pechos con la camiseta. Tenía los pantalones por las rodillas. Debería haber estado ridículo, pero sólo estaba arrepentido, frustrado, y tan endemoniadamente deseable que ella tuvo la tentación de tirarlo todo por la borda y pedirle que terminaran lo que habían comenzado, con o sin protección.

Pero si él podía ser sensato en un momento como aquél, ella también. Se obligó a sentarse y se colocó la ropa mientras él se subía los pantalones. Llevaba unos calzoncillos azul marino. Unos calzoncillos pequeños. ¡Y era evidente que contenían algo ardiente!

Capítulo Ocho

Al día siguiente, Daisy esperó el mayor tiempo posible para bajar a buscar cafeína. Lo primero que vio cuando entró en la cocina fue una nota sobre la mesa, sujeta con el salero.

Aquella noche un ruido la había despertado a las cuatro y veinte de la mañana, y se había quedado inmóvil en la cama, intentando escuchar lo que la había despertado, con el corazón acelerado. Entonces, había vuelto a oírlo; provenía de la cocina.

¿Un ladrón? No. La tasa de criminalidad en Muddy Landing estaba bajo cero. Sólo había dos ayudantes del sheriff asignados a aquella zona, y se pasaban la mayor parte del tiempo leyendo tebeos. A veces, Faylene llegaba muy pronto; pero nunca tan pronto. Tenía que ser Kell.

Demonios, le estaría bien empleado el no poder dormir, si acaso estaba teniendo tantos problemas para conseguirlo como ella. Daisy había pensado que ya había superado aquellas locuras. Como enfermera, había visto demasiadas veces los resultados trágicos de permitir que la libido anulara el cerebro: matrimonios rotos, embarazos no deseados, asaltos, palizas, y corazones rotos en medio de todo aquello.

Por aquel motivo, entre otros, Egbert era tan

perfecto. Daisy no tenía duda de que serían compatibles en el dormitorio. A su edad, el sexo una o dos veces a la semana sería suficiente, y los dos podrían dedicar sus energías a sus respectivas carreras profesionales. A ella le gustaba ser enfermera y cuidar a los enfermos en sus domicilios. Era una profesión adaptable. Daba la casualidad de que ella sabía que Egbert tenía la intención de seguir ascendiendo en los círculos bancarios, lo cual, seguramente, significaría que se tendría que mudar. Cuando él se mudara a una ciudad más grande, ella podría mudarse con él fácilmente. Al menos, así era como se había imaginado el futuro antes de conocer a Kell.

Y después, sólo podía pensar en cómo sería casarse con un hombre que podía derretirle los huesos simplemente mirándola a la boca. O acariciándole el pelo. O hablando de cualquier cosa con aquella voz profunda y caliente. Como enfermera que era, sabía que las ondas del sonido no eran más que vibraciones en el aire. Ciertas vibraciones podían provocar recaídas, pero ella nunca se hubiera imaginado cómo podían afectar al cuerpo de una mujer.

Debía de haberse quedado dormida de nuevo, porque cuando sonó la alarma del despertador, Daisy lo tiró de la mesilla al intentar apagarlo, y se dio cuenta de que había estado soñando. Había tenido uno de aquellos sueños que la dejaban acalorada, sudorosa e inquieta.

Intentando recuperar el sueño, había oído el ruido de unos platos en el fregadero. Y unos momentos después había oído la puerta principal cerrándose, y se había sentido al mismo tiempo desilusionada y aliviada. Después de la escena de seducción fallida de la noche anterior, lo que menos le apetecía era verlo en la mesa del desayuno.

El problema era que le gustaba aquel hombre. De verdad, sinceramente, le gustaba. Incluso podrían haber llegado a ser grandes amigos si algo no prendiera fuegos artificiales cada vez que ella lo miraba. O pensaba en él.

Una de las cosas que más le llamaba la atención era que Kell apreciara la casa de Harvey aunque hubiera sido heredada por la sociedad histórica y no por él. Aquello decía mucho de su carácter, o quizá de su sentido común. Era un lugar encantador, romántico, pero estaba hecho una ruina. Arreglar el tejado, el sótano y las vigas antes de que se derrumbara podría costar una fortuna.

Observando cómo se iluminaba el cielo, poco a poco, por el este, Daisy se quedó allí tumbada, preguntándose cómo, después de haber planeado un futuro seguro y razonable para ella, se las había arreglado para involucrarse con casas llenas de termitas, con tarjetas de San Valentín tristes y con hombres tan atractivos.

Mientras volvía hacia el aparcamiento del colegio, Kell levantó un puño en el aire. No se habría sentido mejor ni aunque su equipo hubiera ganado la liga nacional. «Blalock, ¿quién te necesita? ¡He encontrado lo que había venido a buscar!».

Había tardado todo el día, pero había merecido la pena. Después de pasar por el archivo municipal, había ido al instituto del pueblo, y la anciana bibliotecaria de la escuela lo había ayudado a buscar por los viejos anuarios de alumnos que se conservaban en la biblioteca.

Aquella mañana se había escapado de la casa antes de que Daisy se levantara. Se sentía inseguro sobre cómo debía afrontar lo que había ocurrido entre ellos la noche anterior. En realidad, no había ocurrido nada, el partido se había anulado nada más empezar porque a él se le había olvidado seguir la primera de las reglas de oro de un soltero.

Lo cual, pensándolo bien, podría ser una bendición, porque Kell tenía la sensación de que Daisy no era una persona que se tomara aquellos temas como un juego. Él no podía permitirse crear expectativas, cuando iba a marcharse en pocos días.

El coche de Daisy todavía estaba en el camino de entrada a la casa, pero no había cajas en el asiento trasero, lo cual significaba que había estado ocupada aquel día. Ansioso por compartir sus buenas noticias, se preparó para lo que iba a ser un momento embarazoso. Sin embargo, embarazoso o no, sabía que Daisy lo entendería mejor que nadie. Mucho más de lo que podría entender Blalock, aunque también estaba deseando contárselo a aquel idiota petulante.

–¿Daisy? –dijo, cuando abrió la puerta–. ¿Estás en casa?

–Estoy en la cocina. Por favor, límpiate bien los pies en el felpudo. Faylene ha estado encerando el suelo toda la mañana.

Él obedeció y después se dirigió a la cocina, entre cauteloso y entusiasmado.

–¿Pollo otra vez? Huele de maravilla –dijo.

Gracioso, lo que había pensado de no crear expectativas. Él podría engancharse con facilidad a su forma de cocinar, por no mencionar que además era la mujer más sexy que había conocido nunca. Su atractivo era aún mayor por ser sutil. Incapaz de contener la sonrisa, puso un delgado taco de papeles sobre la mesa y sacó una silla.

–Estoy intentando acabar con todo lo que había en el congelador antes de que corten la electricidad –le explicó Daisy–. La mayoría de las cosas eran pan, pescado y pollo. Tiré el pescado, porque no había forma de saber cuánto tiempo llevaba allí –dijo, y esbozó una sonrisa que no le iluminó la mirada.

Él asintió. Hablando de comida, ella estaba como para chuparse los dedos. Sin embargo, Kell pensó que seguramente no agradecería el cumplido.

–Y dime, ¿qué es eso que has encontrado? –le preguntó, señalando con la cabeza hacia los papeles.

–Fotocopias. Que Dios bendiga la tecnología.

–¿Fotocopias de qué? –le preguntó ella, mientras ajustaba el fuego y la tapa de la sartén–. Por tu sonrisa, entiendo que es algo interesante. ¿Lo sabe Egbert?

–No, todavía no. No tenía intención de demostrarle nada a él, sino a mí mismo –aunque aquello no era del todo cierto, el matiz era irrelevante–. ¿Estás lista para verlo?

Ella se acercó a la mesa, casi de mala gana. No era de extrañar que se sintiera incómoda, porque lo que había ocurrido la noche anterior había empezado mientras miraban fotografías en un viejo álbum. Aunque las imágenes no habían resultado ser una prueba concluyente, porque no había comentarios escritos. El niño que tiraba de la carretilla podría ser cualquiera, pero el instinto le decía a Kell que era el joven Evander dándole un paseo a su hermanito.

Y en cuanto a la tarjeta de San Valentín...

«Ah, demonios. Lo siento, Harvey, viejo».

–De acuerdo. Allá voy. Número uno –dijo él, alegrándose de inmediato cuando miró la copia de una de las páginas del álbum anual del R.L. Snowden High School, de mil novecientos sesenta y nueve–. Son fotografías del instituto, del undécimo curso. Míralas.

Daisy se inclinó hacia la mesa y se apoyó sobre los codos para estudiar las caras, algunas serias, otras sonrientes. Kell se inclinó por encima de su hombro, intentando no distraerse con su calor, con su olor. Aunque Daisy llevara una armadura, seguiría siendo una tentación.

–¿Qué te dije? –intentando mantener su emoción bajo control, le señaló la fila de arriba y leyó en voz alta el nombre de un niño con el pelo rizado y una marcada hendidura en la barbilla–. Evander Lee Magee. ¿Ves su barbilla? Si le añades unos cuantos kilos y unos cuantos años, es mi padre. Si fuera una foto en color, sería más fácil de distinguir, pero incluso en blanco y negro casi puedes saber que era pelirrojo y tenía pecas.

–¿De verdad? ¿Lo dices en serio?

–Claro. Lo único que yo heredé de él es el color de sus ojos y la hendidura de la barbilla –dijo Kell, y se pasó la mano por el mentón–. ¿Y sabes otra cosa? –le preguntó–. He encontrado los números de teléfono de estos dos muchachos en el listín de Elizabeth City —al inclinarse hacia ella para señalarle a los compañeros de clase de su padre, el trasero de Daisy se rozó contra su entrepierna, y puso en marcha una reacción en cadena. Inhaló profundamente su esencia de rosas, familiar y suave, mezclada con el olor del pollo—. Has usado el aceite de colza otra vez, ¿no? —le dijo para tomarle el pelo, imitando a Faylene.

Cuando ella volvió la cara hacia arriba para mirarlo, estuvo a punto de chocar con el rostro de Kell. Él sintió el deseo recorriéndole las venas como si fuera un trago de tequila. Daisy se quedó sorprendida, con los ojos muy abiertos.

—Daisy —susurró él, con la voz ronca.

—No. Oh, no —dijo ella.

Sin embargo, no se movió con la suficiente rapidez, y de algún modo, se vio entre sus brazos. Antes de que pudiera darse cuenta, él la estaba besando, al principio con suavidad, pero enseguida la caricia de sus labios se volvió mucho más intensa y exigente. La barba de Kell le raspaba la piel, le ponía la piel de gallina y hacía que le hirviera la sangre.

¿Cómo era posible que su sabor le resultara tan familiar, si lo conocía desde hacía tan poco tiempo? Sin razón aparente, recordó las noches cálidas de verano, el olor a hierba recién cortada, de las flores de la madreselva, las luciérnagas... Y cuando las manos de Kell le acariciaron las nalgas y la apretaron contra su pelvis, la alarma saltó en su cerebro.

«Termina con esto ahora, mientras puedas. De lo contrario, nunca te contentarás con menos».

En aquella ocasión, no intentó convencerse de que Egbert no tenía por qué ser menos, necesariamente.

–Daisy, pasé por la farmacia. He comprado...

–Yo también –susurró ella, intentando no sentirse avergonzada. Siempre se había enorgullecido de ser sensata, y una mujer sensata se preparaba para lo inesperado.

¿Lo inesperado?

No. Después de lo que había pasado la noche anterior, ella no había sido capaz de concentrarse en todo el día en la más simple de las tareas que estaba realizando.

–Esto no es muy inteligente –le dijo, con la voz temblorosa.

Jadeando como si acabara de correr quince kilómetros, él le preguntó:

–¿Por qué no?

Aturdida como estaba, no pudo pensar en una excusa a tiempo.

–Lo creas o no, Daisy, yo no he planeado las cosas de este modo –le dijo Kell, con sinceridad. Sin embargo, tenía las pupilas dilatadas y la respiración entrecortada. Y con una rápida mirada, ella supo que aquellos no eran los únicos síntomas de su excitación.

«No, tú no lo has planeado así», pensó Daisy, con ironía. «Ni yo tampoco. Por eso los dos estamos llenos de preservativos».

Kell tragó saliva y miró las fotocopias que había sobre la mesa.

–Supongo que me dejé llevar por la alegría de haber encontrado todas esas fotografías de mi padre. Ha sido mejor que llevarme el primer premio

103

de la lotería. ¿Te apetece celebrar una ocasión como ésta?

Si aquellos besos habían tenido algo que ver con su padre, Daisy no quería saberlo. Respiró hondo y se exprimió el cerebro para encontrar algo inteligente y frío que decir. Rápidamente.

—Estoy harta de pollo frito, pero el congelador estaba lleno y tenía que gastarlo. Bolsas y bolsas. A Harvey le gustaba el pollo. Sírvete tú mismo si tienes hambre. Pasado mañana terminaré lo que queda para hacer la cena de la caja, y después podré desenchufar el congelador.

Bueno, aquello debería enfriar su ardor, pensó Daisy. Le hizo gracia, pese al hecho de que ella también estaba muy excitada.

—¿Te puedo ayudar en algo? —él tomó las fotocopias de la mesa y arrugó sin querer los bordes. Con aquella torpeza, a Daisy le pareció aún más atractivo. Y se preguntó si no sería otra de sus técnicas de seducción.

Si lo era, funcionaba. Al principio quería echarlo de allí a patadas, y había terminado por querer que...

Ya no sabía lo que quería. Sólo sabía que, por muy irresistible que fuera aquel hombre, los placeres a corto plazo tenían consecuencias a largo plazo. Cualquiera que hubiera intentado perder peso lo sabía.

—Supongo que ahora que ya has encontrado lo que habías venido a buscar, te marcharás —Daisy se dio la vuelta y comenzó a meter trozos de pollo frito en una tartera para llevárselo a una de sus antiguas pacientes, una mujer mayor que vivía sola.

—Tenía pensado quedarme un par de días más,

pero puedo irme al motel si estás incómoda conmigo por aquí.

Ella tuvo la tentación de aceptar su oferta, pero aquello sería como admitir que no confiaba en sí misma cuando estaba con él. Y era cierto que no tenía confianza, pero Kell no tenía por qué saberlo. Además, quedarse en la casa donde su padre vivió de niño, evidentemente, significaba mucho más para él que para cualquier otra persona. Además, tenía la sensación de que Harvey lo hubiera querido así.

–Quédate si quieres –le dijo–. Faylene y yo tenemos planeado terminar a finales de esta semana, así que estaremos muy ocupadas.

Si Kell se había quedado aliviado, lo disimuló.

–Está bien. Tengo un par de citas mañana, y después me gustaría recorrer un poco la zona, ver algunos lugares que estoy seguro de que mi padre mencionó. Las cosas habrán cambiado mucho desde entonces, pero seguro que también hay cosas que siguen igual. He comprado un mapa de la zona del Dismal Swamp y de Outer Banks.

Cuando él se marchó, ella se quedó sintiendo una mezcla de alivio y consternación. Al menos, no tendría que verlo mucho, pensó, y no tendría todo el rato la tentación de sacrificar sus planes de futuro por una aventura pasajera y breve.

La mejor medicina no siempre era agradable de tragar.

Capítulo Nueve

El lunes por la noche, Daisy buscó algo que leer entre los libros de Harvey para irse a dormir. No había nada que le apeteciera demasiado, pero al menos, los volúmenes estaban limpios. Aquel día había lavado toda la ropa blanca de la casa, había empaquetado las sábanas amarillentas y había dejado sólo las colchas más bonitas sobre las camas. Ya no faltaba demasiado para que llegara el momento de marcharse.

Sin embargo, no sabía adónde iba a ir. Su apartamento no estaba listo todavía. Parecía que tenía un problema de humedades. Daisy estaba empezando a pensar que el propietario quería retrasar el momento de su vuelta.

Kell no había estado en casa en todo el día. Cansada y desanimada, Daisy había ido a visitar a su amiga Marty para pedirle un par de libros, y había vuelto a casa unas dos horas después.

La enorme mansión estaba oscura y no tenía un aspecto muy acogedor desde fuera. No se le había ocurrido dejar una luz encendida, porque no había pensado estar tanto tiempo fuera. Durante su salida, había pasado por unas cuantas casas en alquiler, por si acaso tenía que mudarse. En realidad, le vendría mejor una casa que un piso, de todas formas. Con un pequeño jardín, podría tener un gato o un perro como compañía.

Hasta que se casara con Egbert, al menos. Después, sus planes cambiarían. Algo temporal, entonces...

No había rastro del coche de Kell. ¿Habría vuelto a recoger sus cosas y se habría marchado sin despedirse? Una parte de ella, la parte sensata, lo deseaba.

Otra parte, la que no tenía sentido común, quería echarse a llorar. Pero, al menos, pensó, no podría hacer comparaciones después.

Reprimió el impulso de ir a su habitación para comprobar si sus cosas todavía estaban allí. Ya tenía suficiente con lo que preocuparse como para perder el tiempo con sus sueños de adolescente.

Se tomó un vaso de leche y se acostó con uno de los libros que le había prestado Marty. Para cuando oyó que Kell volvía a la casa, se había leído la misma página tres veces. Antes de poder apagar la luz y fingir que estaba dormida, él llamó a su puerta.

–¿Daisy? –dijo suavemente–. Ya he llegado. He cerrado con llave la puerta delantera y me he asegurado de que la trasera también estuviera cerrada. Todo bien.

Si la puerta hubiera sido transparente, ella no habría sido más consciente de su presencia al otro lado. Él se quedó allí, así que finalmente, ella dijo:

–Creía que quizá te hubieras marchado ya.

–No, no sin despedirme. He ido hasta los Outer Banks. Pensé que merecía la pena ir hasta el lugar en el que mi padre pescaba.

Ella esperó a ver si él se marchaba. Pero no lo hizo, así que respondió:

–Probablemente haya cambiado mucho desde que él estuvo por allí.

–Probablemente –dijo él. Hubo una larga pausa, y después, Kell continuó–: Hay una bolsa de pollo en la nevera. ¿Quieres que haga algo con ella?

–Es lo último que queda. Se está descongelando para la cena de la caja. De todas formas, gracias.

–De nada –incluso aunque su voz sonara amortiguada a través de la puerta de caoba maciza, hizo que todos los nervios del cuerpo de Daisy vibraran.

Al día siguiente, cuando se despertó, Daisy se dijo a sí misma que tenía todo el derecho a abrir la puerta de su habitación para ver si finalmente se había marchado. Si era así, podría quitarle las sábanas a la cama y lavarlas junto a las suyas.

Su cazadora de cuero no estaba, pero había una camisa en el respaldo de una silla, y su bolsa de viaje estaba abierta a los pies de la cama. Los tres álbumes de fotos estaban apilados ordenadamente sobre la cómoda. Daisy intentó no preguntarse adónde habría ido esa vez. Era evidente que estaba tan ansioso de evitarla a ella como ella lo estaba de evitarlo a él. Era una buena cosa que, al menos, uno de los dos conservara el cerebro en buen funcionamiento.

Con la ayuda de Faylene, la casa quedó aquel día casi lista para cerrarse. El congelador estaba por fin desenchufado, y las estanterías de la despensa vacías. Daisy fue al baño y se desnudó para darse una ducha rápida. Se estaba secando el pelo cuando alguien llamó a la puerta. Apagó el secador y oyó la voz familiar y profunda de Kell.

–Daisy, ¿estás ahí?

–¿Qué necesitas?

Apenas lo había visto desde la noche del lunes,

cuando había llegado a casa tan contento por haber encontrado aquellas fotografías de su padre cuando era un estudiante.

–Voy a ese sitio donde venden carne a la parrilla. ¿Quieres que te traiga algo?

Aquello era otro detalle. Él sabía que ella estaba intentando gastar toda la comida que había en la casa, pero aun así, no daba por hecho que estuviera invitado a las comidas. Había comprado medio kilo de café de Colombia recién molido, una caja de donuts y cereales. Aun así, ninguno de ellos estaría allí lo suficiente como para consumir tanto café. Faylene podría tomarse los cereales.

–¿Daisy? ¿Te has colado por el desagüe?

–No... mira, esta noche hay esa fiesta benéfica de las cenas... es en la iglesia de Water Street. ¿La has visto? Cerca de Maple Grove, esa iglesia blanca que tiene un aparcamiento frente a la fachada y una zona de merendero a un lado. Puedes intentar cenar allí, si no quieres ir hasta Barco.

–La cena de la caja, ¿mmm? La única cosa de ese tipo que he visto fue en un musical de Broadway que se llamaba *¡Oklahoma!* Yo no soy muy buen bailarín, y no sé cantar en absoluto. ¿Puedo ir de todas formas?

Daisy dejó a un lado el secador y comenzó a desenredarse el pelo.

–Pues claro que sí –dijo ella. Hizo una pausa, pero él no se alejó de la puerta–. No sabía que te gustaran los musicales.

–Tenía el nombre de mi estado, así que me imaginé que era un deber patriótico ir a verla. De todas formas, tenía que estar en Nueva York para los partidos de la final.

Ella tomó su bata de la percha, metió los brazos por las mangas y se ató el lazo a la cintura.

–¿Nunca has visto una obra de Broadway? –le preguntó él, a través de la puerta.

Daisy no tenía ganas de contarle que siempre había estado demasiado ocupada cuidando niños, paseando a perros, lavando platos y yendo a clase como para permitirse algo tan frívolo y tan caro como una simple película en el cine. Al ver que no respondía, él dijo:

–Bueno, pues... supongo que nos veremos luego. A menos que quieras que deje la habitación ahora.

Quería y no quería. Respondió su parte más débil.

–Mañana estará bien –dijo.

Si él se marchaba por la mañana, ella podría hacer la colada y marcharse por la noche.

–Bien. Bueno, gracias –dijo él, pero no se marchó. Ella guardó silencio, imaginándoselo al otro lado de la puerta, con sus ojos azules medio cerrados y los brazos cruzados. Finalmente, Kell repitió–: Bueno, gracias. Supongo que nos veremos después. Que te diviertas en la fiesta.

A Daisy se le hundieron los hombros frente al espejo. Se le ocurrían muchas formas interesantes de pasar aquella noche, pero ninguna en una fiesta en la que hubiera cenas en cajas.

Faylene se miró al espejo de su baño. La verdad era que estaba un poco desilusionada por cómo le había quedado el pelo después del tratamiento que le había hecho Sasha, porque ella prefería el estilo Dolly Parton, que era el que intentaba copiar, pero al menos, con el tinte, las raíces no se le notaban tanto.

Los pantalones que le había regalado Marty le quedaban muy bien, sin embargo, incluso sin las medias. No las necesitaba para sentarse en una mesa del merendero y tomarse la cena que había preparado Daisy con un amigo. Eso haría que cierto señor se diera cuenta, pensó con cierta petulancia. Oh, ella sabía lo que sus amigas estaban tramando. Y dejaría que se salieran con la suya, siempre y cuando a ella le viniera bien.

Bob Ed se enteraría de lo de aquella noche. Sí, señor. Habría mucha gente que le diría que, si quería algo con Faylene Beasley, lo mejor sería que se diera prisa.

El aparcamiento estaba casi lleno cuando Faylene aparcó entre una furgoneta y un coche lleno de barro. La señorita Daisy había aparcado en la esquina, y allí estaba también el coche rojo de la señorita Sasha, justo al lado del vehículo del predicador. La señorita Marty y ella debían de haber llegado juntas.

Bob Ed tenía una furgoneta que él mismo había montado, prácticamente de la nada. Aquel hombre podía hacer todo lo que se propusiera. Ojalá también se propusiera conseguir una buena esposa.

Varias personas la saludaron mientras se acercaba al lugar en el que habían colocado las mesas. Sonriendo, intentó no parecer muy consciente de que llevaba peinado y ropa nueva. Se detuvo junto a una mesa vacía y miró a su alrededor para ver a quién podía encontrar.

Allí estaba Marty. Faylene la saludó, y entonces vio también a Daisy y a Sasha, junto a la mesa de las subastas, hablando con el encargado. La mesa estaba llena de cajas y cestas, todas muy bien adornadas. Vio la caja que tenía el lazo morado, la que se suponía que era suya. Entonces se sentó con cuidado para no arrugarse los pantalones nuevos y miró de nuevo a su alrededor, justo cuando alguien bajó la música. La gente dejó de hablar y miró al subastador. Tenía en la mano la primera cesta y comenzó con su galimatías, como un vendedor de tabaco, cuando el nuevo entrenador pasó junto a Faylene. ¿Sería él con quien le habían preparado la cita?

Él fingió que no la había visto, pero ellas debían de haberle dicho cuál era la caja por la que tenía que pujar. Él era nuevo allí, y no conocía a mucha gente todavía, así que cuando Sara, la del banco, lo llamó, él se acercó y se sentó con ella. «Una pena, chica», pensó Faylene con suficiencia, «pero él ya tiene sus órdenes».

Justo entonces, la señorita Marty se levantó y corrió hacia el otro lado del merendero. Faylene tuvo que levantarse para ver hacia quién se dirigía. Frunció el ceño. Después, se quedó boquiabierta.

¿Gus Mathias?

Intentó recordar si Marty le había mencionado que hubiera tenido algún problema con el coche últimamente. Pero entonces, su jefa señaló a la mesa donde estaban las cestas y las cajas de las cenas, exactamente donde estaba la caja del lazo morado.

Gus miró a la mesa y después miró directamente hacia donde estaba sentada Faylene. Y después, sacudió la cabeza. Con el ceño fruncido, Marty les hizo una seña a las otras dos señoritas para que se acercaran, y las tres comenzaron a hablar, mirándola primero a ella y después a Gus.

Él continuaba negando con la cabeza. Y después se marchó, ese pequeño burro con barriga cervecera. Pasó a su lado, a menos de dos metros, sin dignarse a decirle ni siquiera «hola», y se dirigió hacia el aparcamiento. Faylene se volvió a lanzarles una mirada asesina a las tres señoritas. Las que pensaba que eran sus amigas. Hablando y farfullando como una bandada de gallinas, iban directamente hacia ella.

Faylene se levantó con toda la dignidad de una mujer independiente, con sus propios medios de subsistencia, se dio la vuelta y salió andando tan rápido como pudo hacia el aparcamiento. Ellas todavía estaban trotando para alcanzarla, pero Faylene se subió a su coche, cerró la puerta y arrancó. Salió derrapando y removiendo la gravilla del suelo.

Estuvo a punto de darle un golpe a la parte trasera de la furgoneta de Gus mientras él esperaba a que el tráfico le permitiera salir a la carretera.

–Te lo mereces –murmuró. Cuando él le tocó la bocina, Faylene sacó la cabeza por la ventanilla y le gritó–: ¡Echa un buen vistazo, idiota, porque esto es lo máximo que vas a poder acercarte a mí en tu vida!

¡No podía creerse que ellas hubieran pensado que Gus era lo mejor que podía conseguir! Vaya amigas. Les estaría bien empleado que les presentara su renuncia al trabajo.

Kell reconoció el coche que salía a toda velocidad del aparcamiento de la iglesia justo cuando él llegaba. Estuvo a punto de darle un golpe a la furgoneta que estaba a su lado, cuyo conductor había tardado un poco más en acelerar.

Él tenía la intención de comprar algo de comer y pasarse su última noche allí intentando ponerse en contacto con los viejos compañeros de clase de su padre. El problema era que no podía concentrarse en otra cosa que no fuera Daisy, en cómo se había deshecho en sus brazos y después se había dedicado a fingir que no había ocurrido nada. Más o menos, como él mismo. Lo había intentado y había fracasado.

Y demonios, tenía que haber sabido que ocurriría aquello. Kell siempre había salido con mujeres sofisticadas que preferían las relaciones sin compromisos de ningún tipo, como él.

Daisy, con su cara lavada, su ropa ancha y su estilo relajado, lo había sorprendido con la guardia baja. Debería haberse quedado satisfecho con lo que había encontrado y haberse marchado el día anterior.

En vez de eso, había esperado demasiado. Había llamado y reservado un vuelo desde Norfolk al día siguiente, lo cual significaba que tendría que volver a recoger su coche allí una vez que resolviera la situación con Clarice, Moxie y el jefe Taylor, en casa.

Tenía lo que había ido a buscar, o al menos, lo máximo que iba a conseguir. Además, quería pensar que cuando volviera a buscar el coche, habría recuperado el sentido común. O al menos, habría logrado ver las cosas con la perspectiva suficiente como para saber si todo lo que había entre ellos eran sólo chispas o había algo sólido tras el deseo.

Aunque el mero pensamiento de «algo sólido» le daba miedo, él nunca había sido capaz de volverle la espalda a un desafío. Y, deliberadamente o no, Daisy era todo un reto.

Cuando encontró la iglesia y aparcó, ya se había decidido. Aunque tuviera que gastarse todo el dinero que tenía en la cuenta para hacerlo, iba a comprar su dichosa cena e iba a pasar su última noche allí con cierta rubia de ojos grises que olía a rosas. Lo que ocurriera después era cosa de ella.

La vio enseguida, entre la pelirroja y la mujer que se parecía a Julia Roberts, pero con la boca más pequeña y los ojos más grandes. Se dirigió hacia ellas, pero pensó que sería más inteligente esperar a que tuviera el derecho legítimo de reclamar su compañía. Mientras, vigilaría la caja del lazo morado.

Kell se quedó a un lado hasta que el subastador levantó la caja. Entonces, levantó la mano, pero justo en aquel momento, una voz familiar ofreció cinco dólares.

Al otro lado del merendero de la iglesia, Daisy estaba quejándose.

—No puedo creer que haya hecho esta cena para nada. ¿No os dije que era una mala idea?

—Eh, otras veces ha funcionado muy bien —le recordó Marty.

Sasha se miró la planta de los zapatos de tacón para comprobar que no tenía barro.

—Al menos has vaciado el congelador, ¿no? Eso significa que estás más cerca de salir de aquel viejo mausoleo.

—Estaría mucho más cerca aún si estuviera trabajando y no perdiendo el tiempo aquí —refunfuñó Daisy–. Faylene no quiere un hombre, quiere que no le duelan las piernas y un aumento de sueldo.

–Que no se te olvide que también quiere tener el pelo como Dolly Parton –comentó Sasha.

–¿Y? Tiene una de tres, y puede considerarse afortunada.

–Cinco dólares. ¿He oído diez? –dijo el subastador por el micrófono.

Alguien ofreció siete dólares con una voz que apenas podía oírse por encima del ruido que hacían los niños jugando alrededor de las mesas.

–Supongo que ahora que Gus se ha ido, nadie va a pujar por la cena –dijo Marty–. Levanta la mano, Sash.

–¡Diez! –dijo otra voz, antes de que la pelirroja pudiera obedecer.

–Quince –respondió otra persona rápidamente.

–Bueno, eso es muy generoso por su parte, señor. ¿He oído veinte?

Oyó veinticinco, y después treinta y cinco. No treinta, sino treinta y cinco. Daisy intentó mirar por encima de las cabezas de la multitud. Marty, la más alta de las tres, se puso de puntillas. Después, susurró:

–Vaya, parece que, después de todo, esto no va a ser una pérdida de tiempo.

–Mira, sé que sólo estáis intentando alegrarme –dijo Daisy. Finalmente, lo había entendido–. No es culpa vuestra que no funcionara, pero una vez que se ha ido Faylene, el que compre su caja tendrá que cenar solo. Yo me voy a casa.

–Bueno, hemos metido la pata, ¿y qué? –dijo Sasha–. No es la primera vez, y no será la última.

Sin embargo, Gus no va a librarse tan fácilmente. Más tarde o más temprano lo usaremos, pero tendremos que encontrarle a alguien un poco más joven. El problema es que no sé si volverá a confiar en nosotras –continuó, mientras se tiraba de la camisa tipo corsé que había elegido para llevar con sus pantalones de harén–. Sus palabras exactas cuando se enteró de quién iba a ser su compañera de cena fueron que no estaba dispuesto a perder el tiempo con una mujer arrugada y tan mayor como para ser su madre cuando podía estar haciendo cosas más interesantes. ¡Hombres!

No era la primera vez que sus planes fracasaban en el último minuto, pero de todas, formas, Daisy no necesitaba más frustraciones. Ya había tenido suficiente.

–Mirad, si no os importa, me voy a casa. Sea quien sea el que compre la caja de Faylene, podéis quedaros con él y explicarle que ha tenido que irse. Inventaos algo, se os da muy bien.

Tomó su bolso y el jersey que había llevado por si hacía frío y estaba a punto de levantarse de la silla y marcharse cuando, de repente, el subastador gritó:

–¡Vendida! Vendida al señor de la camisa negra por cien dólares! ¡Dios Santo!

Sasha se quedó boquiabierta.

–¿Cien dólares? ¿Quién demonios...?

Se subió a una silla, se agarró a la cabeza de Marty para guardar el equilibrio e intentó ver por encima de las cabezas. Daisy se cubrió la cara con las manos al darse cuenta, de repente, de quién había sido el comprador.

–Vaya, vaya, es tu amigo Kell –dijo Sasha. Se

bajó de la silla y comenzó a abanicarse nerviosamente–. ¿Lo invitamos a que cene con nosotras?

Daisy miró más allá de Kell, que estaba caminando hacia la mesa del subastador, y vio otra figura familiar. Era Egbert, que iba hacia el aparcamiento.

–¿Egbert? –dijo con voz quejumbrosa–. Oh, por Dios, ¿qué más cosas pueden salir mal?

–¿Quién te crees que estaba pujando contra tu amigo? Supongo que ya es hora de añadir a Egbert a la lista de solteros, porque ya está oficialmente fuera del periodo de luto –dijo Marty.

–Ha pasado casi un año –añadió Sasha–. Además, he oído que ella quería dejarlo antes de ponerse enferma. Sara, la del banco, me dijo que...

–Oh, callaos –farfulló Daisy. De repente, aquel juego suyo ya no le parecía tan divertido.

Daisy no sabía si echarse a llorar o darle una patada a algo. ¡Y pensar que podría haber cenado con Egbert! Habría sido el primer gran paso de su campaña.

–Bueno, hola –ronroneó Sasha cuando Kell se acercó a ellas. Y cuando se dio cuenta de que Daisy le lanzaba una mirada asesina, añadió–: No te preocupes por ella, se ha levantado con el pie izquierdo.

Daisy ya estaba harta. No le hizo ni caso a Kell, que estaba muy sonriente con la caja en las manos, una caja que contenía una cena que había estado preparando toda la tarde, y le dijo a Sasha:

–¿Sabes una cosa, Sasha? Eres la única mujer del mundo que se vestiría así para una subasta benéfica.

–Cariño, aceptémoslo, soy la única mujer de

este pueblo que tiene algún sentido de la estética y de la moda.

–¿Con cuál de ustedes, encantadoras señoritas, tengo el privilegio de compartir esta cena? –preguntó Kell. Estaba mirando directamente a Daisy, que a su vez, evitaba mirarlo con todas sus fuerzas.

–Oh, Dios mío, escucha eso. No sólo tiene una voz para morirse, sino que también tiene buenos modales –susurró Sasha–. Quédate con Daisy, pero si ella no te aprecia, nosotras estaremos en aquella mesa de allí, junto al magnolio. ¿Verdad, Marty? –le dijo a su amiga, y le dio un codazo en el brazo.

–¿Eh? Ah, sí, claro.

Capítulo Diez

Al menos, pensó Daisy, estaba rodeada por tanta gente que no podía hacer nada escandaloso. Sólo tenía que comportarse con sentido común durante una hora más, o dos, a lo sumo. Después, él se marcharía, y ella podría seguir con su vida. La buena noticia era que Egbert había pujado por su caja.

–¿Daisy? –Kell la estaba mirando atentamente, con una sonrisa burlona.

–Qué –dijo ella secamente.

–Mira, si te he estropeado los planes, lo siento. Me marcharé y te dejaré con tus amigas, si quieres.

Ella sacudió la cabeza.

–No, lo siento. Es sólo que... oh, no lo sé, es todo. Estoy cansada de trabajar tanto para tener las cosas preparadas a tiempo, y además de eso, creo que van a vender el apartamento que yo tenía alquilado. ¿Y por qué te estoy contando todo esto? –se preguntó, con un suspiro.

–¿Quizá porque necesitas desahogarte en unos hombros más anchos que los de tus dos amigas?

Ella cedió. No era propio de ella ser desagradable. Además, se dijo que, si se las había arreglado para resistirse a sus encantos mientras estaba durmiendo bajo su mismo techo, podía ser capaz de conseguirlo mientras cenaba con él en un lugar público. Kell la tomó del brazo y la guió suavemente hacia una mesa cerca del riachuelo, un poco apartada. Caminaba con tanta suavidad como si le hubieran engrasado todas las articulaciones del cuerpo.

¿Cien dólares? ¿Él había pagado cien dólares por un poco de pollo frito atado con un lazo morado? Ojalá hubiera prestado atención a la subasta, pero estaba demasiado preocupada con Faylene y Gus. ¿Cuánto habría ofrecido Egbert para ganar la subasta? Egbert tenía reputación de ser un buen ciudadano. Siempre les compraba galletas a las Girl Scouts y después las regalaba, porque tenía alergia a la harina de trigo.

Oh, Dios Santo. Se le había olvidado la harina de los buñuelos de maíz. Por no mencionar la que había usado para rebozar el pollo. Por no mencionar la tarta de chocolate y los rollitos de trébol. A Daisy le habría gustado pensar que el destino se había puesto de su parte por una vez, pero no se atrevía.

—Después de probar tu pollo frito, estoy deseando cenar —dijo Kell—. ¿Te gusta esta mesa?

Ella quería pedirle a gritos que dejara de ser tan… ¡encantador! ¿Cómo era posible que un hombre pareciera tan inocente y bueno y tan endemoniadamente sexy al mismo tiempo?

—Por mí está bien, siempre que a ti no te importe cenar junto a un montón de tumbas.

—No hay problema. Yo no creo en los fantasmas, ¿y tú?

—Yo ya no sé en qué creo —farfulló Daisy.

Ellas siempre podrían intentarlo de nuevo con Faylene, pero Daisy había perdido una estupenda

121

oportunidad de conocer mejor a Egbert en el ámbito de lo personal. Aunque, desde luego, si él hubiera ofrecido un montón de dinero en la subasta y después no hubiera podido comer nada de lo que ella había preparado habría sido muy embarazoso, realmente.

Estaban ante un paisaje de postal. El sol del atardecer se reflejaba en las aguas del riachuelo, y la silueta de los cipreses se recortaba contra el cielo. Kell miró a su alrededor y murmuró:

—Es precioso.

Mirándole de reojo el perfil, Daisy asintió. Y cuando él se sacó un pañuelo del bolsillo y comenzó a quitar las hojas que había en las sillas, ella se dijo que aquel hombre era demasiado bueno para ser real. Lo cual significaba que probablemente no lo era.

—¿Qué te parece si traigo algo de beber? —le preguntó él.

—Hay una máquina de bebidas en el sótano de la iglesia. Lo siento, tenía que haberme acordado antes.

—No pasa nada. Dime qué quieres y lo traeré.

—Cualquier cosa light.

Él volvió en menos de cinco minutos con dos botellas de agua.

—Lo siento, es lo mejor que he podido conseguir.

—No importa. Los refrescos son lo primero que se acaba. ¿Sabes que ésta era la caja de Faylene y Gus? Se suponía que Gus Mathias tenía que pujar por ella.

—Me imaginé que sería algo así. La vi salir en coche cuando yo entraba al aparcamiento. No tenía cara de estar muy contenta.

Daisy se encogió de hombros.

–Supongo que piensas que nos hemos entrometido. Y es cierto, pero cuando ves a alguien que aprecias y crees que tienes una oportunidad para hacerla feliz, quieres intentarlo.

Él asintió, y después se encogió de hombros relajadamente.

Ella no entendió aquellas señales contradictorias.

–Está bien. Reconozco que nos divertimos emparejando a la gente. No hay mucho que hacer para entretenerse en un lugar como Muddy Landing a menos que quieras cazar, pescar o ir al bingo.

–Y por lo que veo, tú no quieres. Vaya, ¿son esas cosas lo que creo que son? –preguntó él. Sacó un rollito de trébol de la caja y lo olisqueó con los ojos cerrados.

–No son más que simples rollitos de harina y levadura.

–No hay nada simple en estas cosas –dijo él.

–Los comprados son igual de buenos. Lo único que ocurre es que quiero gastar toda la comida de la casa. No quiero tirar buena levadura y harina.

Kell tomó un pedazo de rollito y después siguió rebuscando en la caja para ver qué contenía.

–¿Y eso que está envuelto en las servilletas es bizcocho de chocolate? Así que lo que planeasteis con Faylene y como se llame el otro no ha funcionado, ¿eh? Pues me alegro por mí mismo.

–Es tarta, no bizcocho. Kell, me da mucha vergüenza que hayas pagado tanto por el mismo pollo frito que ya has comido varias veces.

Él le dio un mordisco a uno de los buñuelos de maíz, lo masticó con los ojos cerrados y dijo:

–Dios mío, qué delicioso. No lo habría hecho si no hubiera querido. Tenía pensado ir a comprar comida al supermercado de la gasolinera, pero entonces, de camino, pasé por delante de la iglesia.

–Bueno, pero ¿por qué has pagado cien dólares?

–Blalock subió hasta cincuenta y cinco. Yo me cansé de jugar a su jueguecito.

En lo que se refería a jugar, era evidente que Kell no era manco, pero... ¿Egbert? Ella nunca habría pensado que era un hombre competitivo.

–¿Dónde aprendiste a cocinar tan bien? –le preguntó él. Tomó un pedacito de tarta de chocolate, lo probó y cerró los ojos de nuevo–. No me digas que aprendiste a hacer esto en la escuela de enfermería.

–Hice cursos de nutrición, pero antes tuve que pagarme el instituto ayudando en la cafetería. Las mujeres que trabajaban allí eran unas cocineras excelentes. ¿Y tú?

–¿Te refieres a dónde aprendí a cocinar yo? –le preguntó él, con una sonrisa a la vez burlona y tentadora.

–Faye me dijo que eres jugador de béisbol. ¿En qué equipo juegas? ¿Los conozco yo?

–Jugaba. Tiempo pasado. Jugaba en el equipo de Houston. ¿Por qué? ¿Te gusta el béisbol?

–No. En realidad, nunca he tenido demasiado tiempo para dedicarle a los deportes.

A los doce años había comenzado a hacer senderismo, pero entonces, las cosas habían empezado a desmoronarse en su hogar adoptivo. Y cuando había querido darse cuenta, estaba de nuevo bajo la tutoría del estado. Y por mucho que los organismos del estado lo intentaran, siempre estaban escasos de personal y de fondos.

—¿Y cómo llegaste a interesarte por el béisbol? —le preguntó—. ¿No eres un poco joven para estar retirado? ¿Y ahora tienes tu propia tienda de deportes? —si continuaban charlando, pensó ella, conseguiría escapar del peligro de caer bajo su hechizo de nuevo.

Hablaron de deportes, y de la vida en un pueblo pequeño, y de cómo era elegir una profesión en vez de dejar que la profesión lo eligiera a uno. Para cuando estaban comiendo los pedazos de tarta de chocolate y ron, Daisy se sentía tan cómoda que ya no se acordaba de que la había desilusionado la forma en que había resultado la velada.

Le estaba hablando sobre una de sus últimas pacientes, una mujer anciana que había servido en la guardia costera durante la Segunda Guerra Mundial, cuando se dio cuenta de que él estaba mirando a algún sitio más allá. El sol ya se había puesto, y los últimos rayos dibujaban sombras color gris sobre el viejo cementerio cubierto de musgo.

De repente, él se levantó y caminó hacia el riachuelo. Después de un momento de duda, Daisy lo siguió.

—¿Kell?

—¡Ya la tengo! —dijo él. Se agachó, y después volvió hacia ella con algo redondo y oscuro entre las manos.

—¿Una tortuga?

—Exactamente. Ha estado dando vueltas por aquí desde que nos hemos sentado. No sé mucho sobre estos bichos, pero creo que no puede ver, porque no deja de tropezarse con las cosas.

Mucho después, Daisy pensaba en aquel momento como el instante en el que se había enamorado. Una pequeña tortuga llena de barro... y Kell se pasó el resto de la tarde intentando ayudar a la pobre criatura. Ella no podía evitar preguntarse si Egbert habría hecho lo mismo. ¿Se habría dado cuenta de que aquella pobre tortuga ciega estaba por allí?

Casi tres horas después estaban de vuelta a Muddy Landing, después de dejar a la pequeña tortuga, que tenía una infección en los ojos y una grave desnutrición, en manos de un veterinario jubilado de Elizabeth City.

—Hace que te sientas mejor, ¿verdad? —dijo Kell en voz baja, mientras tomaban la salida de la autopista, en Belcross.

Era cierto, pero Daisy ya estaba medio dormida. La tensión que había pasado durante los últimos días por fin le estaba pasando factura.

—Mmm.

—Ha sido una suerte que conocieras a ese veterinario. Dijo que antes paseabas a las mascotas de algunos de sus clientes.

—Mmm, mmm.

El doctor Van se había jubilado unos años antes, pero con sólo echarle un vistazo al animal, había confirmado las sospechas de Daisy. La tortuga estaba demasiado ciega como para encontrar comida, así que habría muerto de hambre o atropellada por algún coche.

–¿Tienes frío? –él puso la calefacción, y Daisy sintió una corriente de aire cálido en el cuerpo. Una vez que anochecía, la temperatura descendía rápidamente.

Él condujo deprisa, probablemente por encima del límite de velocidad, pero Daisy estaba demasiado confortable como para protestar, sobre todo, cuando él puso música y la suave voz de Vince Gill comenzó a adormilarla. ¿Por qué luchar contra ello? Se sentía caliente y segura, así que cerró los ojos y se dejó llevar.

Lo siguiente que supo fue que Kell estaba levantándola en brazos para sacarla del coche. Se despertó al instante y comenzó a protestar.

–Shh, no estás en condiciones de subir esos escalones –le dijo él.

–¿Qué ocurre? ¿Dónde estamos? Kell, déjame en el suelo.

–Bueno, ¿y por qué iba yo a hacer eso?

Ella movió la cabeza y vio la silueta familiar de la vieja mansión que había sido su hogar durante casi un año.

–Déjame sacar las llaves –le pidió ella, luchando por encontrar su bolso.

–Ya las tengo.

–¿Cómo? Estaban en mi bolso.

Su coche. Dios Santo, se había dejado el coche en el aparcamiento de la iglesia.

–Daisy... cállate, cariño, no merece la pena discutir por eso. No te he revuelto el bolso, sólo he tomado las llaves.

–Pero... mi coche. Deberías haberme llevado a recogerlo...

–No le va a pasar nada en la iglesia. Mañana iremos por él.

Evidentemente, en algún lugar entre Elizabeth City y Muddy Landing, ella había perdido la voluntad, la columna vertebral y el último ápice de sentido común. Ni siquiera discutió. Se había despertado por completo. Estaba emocional y físicamente exhausta, pero despierta. Él entró en la casa y la posó suavemente en el suelo, pero Daisy fue incapaz de moverse. Sin dejar de mirarla a la cara, él alzó suavemente la mano y le acarició los labios con el dedo. Ella tragó saliva, y tampoco pudo apartar la mirada. Entonces, Kell se inclinó hacia delante. Un momento antes de que su rostro se desenfocara, ella cerró los ojos.

Él la besó suave, cálidamente. Con la lengua le acarició los labios y consiguió robarle cualquier rastro de resistencia. Intentó hacer las cosas despacio. Lo que menos deseaba era asustarla y que saliera corriendo, porque una vez que cerrara la puerta de su habitación, se habría terminado. Lo que ocurriera entre ellos tenía que ser mutuo, o no ocurriría.

La deseaba tanto que le temblaban las manos, porque, pese a toda su experiencia con el género femenino, nunca había conocido a nadie como Daisy Hunter.

Para empezar, ella nunca había intentado atraerlo. No llevaba ropa sexy, ni maquillaje... demonios, ni siquiera llevaba perfume, sólo aquella crema que se echaba por los brazos y las piernas. Era... la palabra real le apareció en la mente. Y no sólo eso. Además, ella había dedicado su vida entera a cuidar de los demás.

¿Cuándo sería la última vez que alguien había cuidado de ella? ¿Cuándo se habría preocupado tanto alguien como para asegurarse de que descansara lo suficiente cuando estaba agotada y necesitaba cariño? ¿Había alguien que la ayudara a levantar las cosas pesadas, que le curara las heridas, alguien que la acostara y después se tumbara a su lado y la abrazara mientras dormía?

El hecho de que él quisiera hacer todas aquellas cosas, sobre todo la última, era terrorífico. Durante su vida había conocido a muchas mujeres, pero nunca había comenzado una relación sintiendo lo que sentía en aquel momento. Él siempre tenía mucho cuidado de explicar las reglas por las que se regían sus relaciones: relaciones sin sentimiento de culpabilidad, en las que cualquiera de los dos participantes era libre de marcharse cuando quisiera.

Con Daisy no había reglas. Él quería saber todo lo que había que saber sobre ella, comenzando con su infancia y terminado con su vejez, cuando las marcas de su expresión se hubieran transformado en arrugas y su pelo fuera gris.

Y si aquello no lo asustaba lo suficiente, quería saber también qué pensaba ella sobre los niños.

Qué sentía por él.

Pero todo aquello tendría que esperar. Porque en aquel momento, tenía una necesidad que era incluso más desesperada, una que esperaba que fuera mutua.

Capítulo Once

El sofá era demasiado estrecho para lo que él tenía en mente, pero había una cama perfecta esperándolos al otro lado del pasillo. Ella se había trasladado al piso de abajo cuando habían terminado de limpiar el de arriba.

–¿Te parece bien en tu habitación? –le preguntó con la voz ronca, imaginándose que un paseo por la casa lo ayudaría a enfriarse lo suficiente como para hacer bien el trabajo.

–Mmm –murmuró ella, separándose de mala gana.

–Te echo una carrera –le dijo Kell.

Demonios, ni siquiera estaba seguro de que pudiera arrastrarse, y mucho menos correr. En el umbral de la puerta, se detuvieron y volvieron a besarse de una manera que sólo sirvió para hacer más intenso su deseo.

Cuando ella abrió la puerta, la atención de Kell se fijó en su cama. Estaba perfectamente hecha. Era demasiado corta y demasiado estrecha para una buena noche de sueño reparador, pero en realidad, aquello era lo último que quería.

–No puedo creerme que esté tan nerviosa –susurró ella, cuando entraron en la habitación y comenzaron a desnudarse, con una risita.

–Sólo tienes que decir una palabra cuando

quieras, y lo dejaremos –respondió él. Sin embargo, sabía que aquello lo mataría.

Con las manos temblorosas, él la ayudó a sacarse la camiseta por la cabeza, y ella se quedó tan sólo con unas braguitas blancas. Y Kell, intentando regular la respiración, se quitó la camisa y se desabrochó el cinturón.

–No sabía... no me imaginaba... –murmuró él, sacudiendo la cabeza.

Ella se sentó suavemente sobre la cama.

–¿No sabías qué?

–No sé. No sé de qué estoy hablando –respondió el. Kell Magee, gran tirador de béisbol, un hombre que había padecido el asalto de las admiradoras para que les firmara un autógrafo incontables veces, estaba más nervioso que un gato a la vista de un perro.

Daisy se rió. Después se puso de pie y se quitó las braguitas. No hizo posturas, no le lanzó miradas subrepticias para ver si estaba disfrutando del espectáculo. Simplemente, tiró del elástico, se quitó la prenda y la tiró sobre un cesto de mimbre.

Tenía las caderas agradablemente anchas, la cintura estrecha y plana. Tenía pecas en el torso, los pechos pequeños y marcas del sol por todas partes, seguramente, de trabajar en el jardín.

Y nunca, en toda su vida, había visto Kell algo tan seductor. Sus pechos se le adaptaban perfectamente a las palmas de las manos, aquello ya lo sabía. Todo en ella era perfecto. Era como si hubiera encontrado una parte vital de él mismo de la que no sabía que careciera.

En vez de tumbarse sobre las almohadas y tomar una pose seductora, Daisy volvió a sentarse, mirándolo. Hacía que se sintiera al mismo tiempo orgulloso y avergonzado.

–Eh... no vas a cambiar de opinión, ¿verdad? –le preguntó ansiosamente. «Tranquilo, Magee, tranquilo».

Sin apartar los ojos de él, ella sacudió la cabeza.

–Eh... están en el cajón de la mesilla.

Los suyos estaban en el bolsillo de su pantalón. Sin embargo, tenía curiosidad por saber si ella los prefería sencillos, o de estrías, con colores o sabores, así que asintió. Ella se estiró sobre la cama, sin dejar de mirarlo casi con cautela, y tomó aire.

–Kell, sé todo lo que hay que saber sobre el sexo, técnicamente, pero hace mucho tiempo que no hago esto. Por favor, no te esperes demasiado. Nunca fui muy buena.

Entonces, él dejó escapar un suave juramento. ¿Cómo podía pensar algo así una mujer tan deseable como ella, y mucho menos decirlo? A menos que algún idiota impotente la hubiera hecho sentirse culpable de sus propios defectos.

Él le pasó los brazos bajo las rodillas y los hombros y la movió por la cama para hacerse sitio y tenderse a su lado. Después, le cubrió las piernas con una de las suyas, se inclinó hacia delante y le apartó el pelo de la cara.

Valiéndose de toda su habilidad y de una ternura que nunca había sentido antes, comenzó a buscar todos los puntos sensibles de su cuerpo. Empezó con sus pequeñas orejas rosas y siguió besándola por el cuello y la garganta. Después recorrió el hueco cálido bajo su brazo y el interior de su codo, donde las venas azules llegaban desde el corazón hasta su mano. Mordisqueándola y saboreándola por el camino, volvió hacia los hombros y después llegó a sus pechos. Sus pechos perfectos y pequeños, que olían a rosas, donde los pezones orgullosos pedían atención.

Ella era exquisitamente sensible allí, y en la suave piel que le rodeaba el ombligo... y en el sombreado hueco entre las ingles.

Cuando él la probó allí, ella tomó aire temblorosamente y jadeó:

—Ahora me toca a mí.

«Oh, no, ahora no», pensó él, desesperadamente cerca del filo. Pero obedeció, y se quedó inmóvil mientras disfrutaba y sufría con sus atenciones. Primero, sus pezones, después la flecha de vello oscuro que conducía hacia el sur, entreteniéndose en el ecuador, jugueteando allí con los dedos mientras con la lengua le lamía el pezón hasta que él pensó que iba a explotar. Cuando más se acercaba ella al Polo Sur, más rígido se sentía él, y respiraba cada vez más entrecortadamente, hasta que no pudo resistirlo más.

Tenso como un arco, él la levantó, la tumbó sobre la espalda y la miró. A ella le latía el corazón visiblemente, y la esencia afrodisíaca de su calor era suficiente para empujarlo hacia el abismo. Temblando, él le posó la palma de la mano en el vientre y se obligó a moverse con lentitud. Aquello tenía que ser perfecto para ella, aunque significara retrasar su propio placer indefinidamente.

Daisy estaba sonrojada y tenía los ojos oscuros y brillantes cuando él empezó su exploración más íntima. Estaba húmeda, caliente y preparada, pero él esperó aún más. Lentamente, bajó la cara hasta su estómago perfumado de jabón, y entró en ella con un dedo, moviéndose con delicadeza, preparando el camino.

–Por favor –gimió ella.

Él usó toda su experiencia para retrasar lo inevitable todo cuanto fuera posible, sin egoísmo por una vez, hasta que consiguió hacer que ella perdiera la cabeza de placer, antes de acercarse a su cuerpo. Ella seguía gimiendo, intentando respirar acompasadamente cuando él la penetró. Y hasta que ella no levantó las caderas y le clavó los dedos en los hombros, él no se permitió comenzar a moverse.

Una vez que comenzó a embestir, todo terminó demasiado rápido en una liberación de cataclismo que los dejó a los dos temblando y luchando por respirar. Se vieron anegados por indescriptibles oleadas de placer.

Mucho después, cuando las células de su cerebro comenzaron a funcionar de nuevo, a Daisy se le ocurrió gradualmente que el destino debía de haber tenido algo que ver con lo que había ocurrido. ¿Causa y efecto? Primero, había tomado a Harvey como paciente, cuando había podido elegir entre tres. Después, el edificio de su apartamento había resultado muy dañado por el huracán. Aquello había provocado que se mudara a su casa. El destino no había tenido nada que ver en aquello.

Pero después había aparecido Kell.

Oh, Dios, sí, pensó. Al mirar al hombre que estaba tumbado a su lado, se le dibujó en el rostro una sonrisa soñadora. Incluso a la suave luz que entraba a la habitación desde el pasillo, le resultaba familiar, como si lo hubiera conocido desde toda la vida, sólo que no sabía dónde podía encontrarlo.

En vez de eso, él la había encontrado a ella.

—¿Te he dicho alguna vez lo preciosa que eres? —murmuró él, sin abrir los ojos.

Intentando parecer displicente, pero sin conseguirlo en absoluto, ella respondió:

—No te pases, Magee. Puedo admitir medio aceptable, pero no más.

Él sonrió, todavía con los ojos cerrados.

—Como quieras, pero tú eres la mujer más completamente medio aceptable que jamás haya tenido el placer de conocer, y eso incluye a las de los carteles de anuncios. Aunque aquello era tan discordante como un violín afinado una octava por encima de lo correcto, Daisy sabía que era una broma encantadora y bondadosa para que ella se sintiera relajada. Era casi como si Kell supiera de los comentarios mordaces que siempre habían acompañado a los intentos apresurados de Jerry de hacer el amor. En realidad, no había ningún amor en absoluto, aunque ella no se diera cuenta en aquellos momentos.

Y en aquel momento, después de ver a un hombre recorrer tanta distancia para salvar a una tortuga, sólo hizo falta darse cuenta de que podía tomarle el pelo en un momento como aquél para confirmarle lo que ella ya sabía.

Estaba muy enamorada. Enamorada de pies a cabeza de aquel hombre que se iría al día siguiente, de aquel hombre cuya voz era capaz de conseguir que ardiera. Todos sus planes de un futuro seguro y apacible se habían ido al traste.

—Claro que, si hubieras tenido el cuerpo de una

135

vaca y la cara como una torta de pan, es posible que yo hubiera tenido dudas, pero, por suerte para mí, has resultado ser bastante aceptable.

A ella se le escapó una carcajada justo antes de que él se pusiera de costado y enterrara la cara en su cuello. Después, movió la cabeza por la almohada y dejó escapar un suave gemido cuando él le levantó las caderas y volvió a entrar en su cuerpo.

Kell abrió los ojos en la oscuridad, preguntándose por qué tenía tanto frío. Tenía un vago recuerdo de haber abierto la ventana un poco antes, y por las noches refrescaba mucho. Daisy se había enrollado en las sábanas y él estaba demasiado cansado como para exigir su parte. Por lo tanto, en aquel momento se le estaba congelando el trasero, los pies le colgaban fuera de la cama y se le había dormido el brazo derecho.

Sin embargo, todo aquello quedaba en un segundo plano. Había una mujer cálida y dulce acurrucada contra él, con olor a rosas y a sexo, y él tuvo la tentación de...

¡Verdaderamente, estaba tentado!

Pero cuatro veces en cuatro horas era demasiado, incluso para él. No significaba que se estuviera volviendo viejo, sólo que necesitaba unas cuantas horas de sueño antes de enfrentarse a algo más extenuante que estar tumbado en la cama e intentar pensar en alguna excusa para librarse de algunos compromisos.

Sin embargo, aunque él tenía sus defectos, más de los que le gustaría admitir, era un hombre de palabra.

Según su reloj ya era jueves, y había pensado algo que tenía que comentarle a Blalock. Su plan original había sido ponerse en camino de vuelta con el tiempo suficiente para hablar con el jefe Taylor antes de la gran inauguración de la tienda de Clarice, y asegurarse de que Moxie pudiera estar en las celebraciones. Se imaginaba que si el niño formaba parte de la acción desde el principio, aunque sólo fuera limpiando mesas en una heladería, podría motivarlo para demostrarse algo a sí mismo, y también para demostrarle algo a la gente que lo había respaldado.

Como ya era muy tarde para volver en coche, el día anterior había reservado un billete de avión que salía desde Norfolk. Por lo tanto, sólo le quedaba pasar a ver a Blalock a primera hora de la mañana. Quería hablar con él sobre la donación que iba a hacerle a la sociedad histórica para que sus miembros pudieran restaurar la casa. Después se iría hacia el aeropuerto y tomaría aquel avión.

Después de arreglar el lío en el que se hubiera metido y de acompañar a Clarice en su gran día, necesitaba comprobar cómo iban las cosas en el rancho. Tardaría dos días, o tres como máximo. Con suerte, estaría de vuelta antes de que Daisy hubiera tenido tiempo para ponerse la armadura de nuevo.

Aquella noche, Kell había encontrado, por fin, una pista del motivo por el cual Daisy siempre estaba a la defensiva. Al principio, probablemente habría pensado que él quería quedarse con la herencia de Harvey. Pero si además resultaba que algún idiota se lo había hecho pasar mal, Kell iba a tener que tratarla de una manera especial hasta que pudiera darle seguridad sobre sus intenciones.

Intenciones. Aquélla era una palabra que a cualquier hombre le daba miedo. Sin embargo, y aunque al principio ella sólo había sido un desafío, en algún momento las cosas habían cambiado. Lo difícil a partir de aquel momento era evitar que ella se le escapara mientras volvía a casa para arreglar todos aquellos asuntos.

Se inclinó hacia ella y le dio un beso en la sien, inhalando su olor a jabón, a champú y a mujer sexy. Después, sonriendo en la oscuridad, salió de la cama. Los dos necesitaban dormir, y en aquella cama tan estrecha no lo conseguirían. Él necesitaba descansar, con todo lo que tenía que hacer en los días siguientes.

Probablemente, un breve periodo para dejar que las cosas se enfriaran era lo mejor. Si aquello que se había creado entre ellos era real, permanecería hasta que él volviera. Si no...

Oh, demonios, no lo sabía. Tenía una oportunidad de construir algo sólido, algo que durara para el resto de su vida, si jugaba bien sus cartas. Muchos de sus amigos lo habían conseguido. Demonios, sus padres lo habían conseguido. Habían tenido sus peleas, cierto. Su padre tenía un temperamento muy fuerte, y su madre no se amedrentaba si creía que él no tenía razón. Cuando era niño, odiaba aquellas broncas. Lo avergonzaban, porque se los oía por todo el pueblo. Pero pensándolo en aquel momento, Kell recordó cómo se miraban cuando se les había pasado el enfado. La mayoría de las veces acababan riéndose y lo invitaban a que saliera a la calle a jugar. Antes de que hubiera salido por la puerta, ellos ya habían entrado al dormitorio.

Él también se había reído con Daisy. Se habían reído juntos, y aquello había servido para que el sexo fuera aún mejor, más rico.

Era difícil marcharse, pero los dos necesitaban un poco de espacio.

En silencio, recogió su ropa y salió del dormitorio. Dejó la puerta entreabierta. No sabía si ella la cerraba normalmente, o no. Había muchas cosas que aún no sabía sobre ella. Aquello era parte del problema.

No obstante, había una cosa que sí sabía: ellos dos no habían terminado todavía. En tres o cuatro días, habría vuelto, y entonces podrían llegar al fondo de lo que hubiera entre ellos.

Y lo que había entre ellos era algo que él nunca había experimentado antes.

Daisy releyó la nota que había encontrado en la mesa de la cocina por tercera vez.

Daisy, tengo que resolver unas cuantas cosas en casa. Nos vemos en unos días. K.M.

Y un cuerno que iban a verse, pensó ella furiosa. No creía ni por un momento que él fuera a volver. Si lo hubiera planeado así, la habría despertado y le habría dicho que se marchaba, en vez de escabullirse como un ladrón. Era igual que Jerry. Había probado la mercancía, no le había gustado, y la había devuelto sin explicaciones.

–Así que se ha marchado, ¿eh? –le preguntó

Faylene, con las manos en las caderas. Era jueves, el día siguiente a la fiesta de la iglesia–. Te está bien empleado, por lo que intentasteis hacerme ayer.

–¿Por lo que...? Ah, te refieres a la cena –dijo ella, parpadeando rápidamente para no llorar.

–Exacto. Si quisiera cenar con un hombre que ni siquiera se recorta el pelo de la nariz, lo podría haber hecho sin vuestra ayuda –dijo. Sacó una sartén olvidada del horno y dio un golpe contra la encimera, poniendo en peligro la formica de cuarenta años de antigüedad–. Pensé que queríais emparejarme con el nuevo entrenador.

–Faylene, lo siento. Ya sabes que nosotras no queremos hacer daño a nadie. Sólo creímos que sería agradable.

–¡Ja! No queréis hacer daño, pero eso no significa que no lo hagáis. Yo tengo sentimientos, ¿sabes? Puede que no sea tan lista como la señorita Marty o tan guapa como Sasha, pero eso no significa que no pueda conseguirme un novio. ¡De hecho, ya tengo uno! –dijo, triunfante–. La única razón por la que no le dejo que se venga a vivir conmigo es que no tengo sitio para todas sus armas y sus señuelos –remató. Y, con un dedo, se rascó la cabeza entre el pelo lleno de laca–. ¿Cuándo van a cortar la electricidad, hoy o mañana?

Momentáneamente, Daisy olvidó sus problemas.

–¿Armas?

–Oh, no te preocupes, Bob Ed no es un atracador de bancos, ni nada por el estilo. Da la casualidad de que es el mejor guía entre este pueblo y los Currituck Banks. Y además, sabe cocinar, así que no me necesita para mantenerle la tripa llena –le explicó. Iba a decir algo más, pero sacudió la cabeza–. Me he dado cuenta de que vosotras tres no tenéis a ningún hombre alrededor. En la carretera me crucé con el jugador de béisbol, que iba a toda velocidad. Ni siquiera me pitó al pasar.

«Ni a mí tampoco», pensó Daisy con tristeza, unas horas después. Por la tarde, la casa ya estaba limpia y vacía, y el teléfono estaba desconectado. Daisy sólo tenía que esperar a que viniera el encargado a cortar la luz.

–¿Estás segura de que no quieres nada de esto? ¿Ni una lata de sopa, por si acaso no te vas antes de la cena? –parecía que Faylene ya la había perdonado haber tomado parte en el malogrado intento de emparejarla.

–No, gracias. Me iré en cuanto corten la electricidad –le dijo Daisy–. Voy a quedarme con Marty por el momento, así que nos veremos en su casa.

–Supongo que te habrás enterado de que van a echar abajo tu apartamento. Probablemente, construirán otro de esos edificios iguales a los demás, todos tan feos. Puedes venir a mi casa hasta que encuentres otro sitio, si lo necesitas. Incluso te ayudaré a hacer la mudanza. Mi casa no es muy bonita, pero está limpia.

–Oh, Faye... después de lo de ayer, no puedo creerme que quieras vivir conmigo.

–No quiero, al menos para siempre, pero una temporada no le hace mal a nadie. Se acerca el día de Acción de Gracias. Si te gusta el pato estofado, Bob Ed ha pensado en hacerlo en mi casa.

De repente, a Daisy se le llenaron los ojos de lágrimas, pero sacudió la cabeza.

—Me encanta el pato estofado... —nunca lo había probado, pero sabía reconocer un acto de perdón generoso—. Marty, Sasha y yo ya tenemos planes. Vamos a ir a Virginia Beach. Comeremos en un restaurante que Sasha acaba de decorar. Sus clientes le dijeron que podía llevar a todos los amigos que quisiera. Pero nos veremos el lunes. El lunes es el día de Marty, ¿verdad?

—Supongo que sí, si todavía no estoy muy enfadada con ella. Sé que no fue idea tuya. Al menos, tú no empezaste, empezaron las otras dos.

La asistenta sacudió la cabeza y sonrió, mientras Daisy le sostenía la puerta para que saliera. Llevaba una caja llena de botes de sopa, de flores secas y de condimentos de cocina.

—No te quedes aquí ni un minuto después de que corten la luz, ¿entendido?

—Te lo prometo. Hasta el lunes.

Daisy se entretuvo en el umbral, sintiendo que el vacío la rodeaba.

—Adiós, Harvey —susurró—. No te preocupes, ellos la cuidarán bien.

Y lo harían, estaba segura. Los miembros de la sociedad histórica no estaban de acuerdo en muchas cosas, pero todos conocían el valor de una casa que había sido un punto de referencia en el condado de Currituck durante más de un siglo.

Había atardecido, y la temperatura estaba descendiendo rápidamente. La casa se estaba quedando helada. Ella se quedó junto al horno encendido hasta que cortaron la electricidad y el gas, y llegó la hora de marcharse.

–¿Y qué más? –se preguntó, echando de menos la presencia de alguien más en la casa, enorme y vacía.

Echando de menos a Kell. Desgraciado.

Metió en la bolsa sus últimas cosas y tomó nota de pasar por la oficina de correos, de camino al pueblo, para decirles que se quedaran con su correo hasta que tuviera una nueva dirección.

Y ya que tenía que parar en el pueblo de camino a casa de Marty, también pasaría por el banco a dejar las llaves de la casa.

Capítulo Doce

Con un juramento, Kell apagó su teléfono móvil y lo arrojó en el asiento del copiloto. ¿Qué demonios había pasado allí? ¿Otro huracán? El número funcionaba cuando él había llamado al aeropuerto para reservar el vuelo.

Tenía la tentación de girar el volante y volver al pueblo, sólo para ver a qué juego estaba jugando ella en esta ocasión. Más de una vez, él había oído cómo respondía las llamadas con una voz que parecía generada por ordenador y las desviaba al señor Blalock, en el banco, a menos que fuera una de sus amigas.

¿Le había dicho él que volvería a primeros de semana? ¿O sólo le había dicho que se verían pronto? Era casi lo mismo, pero Kell tenía la sensación de que lo había estropeado todo. A él nunca se le había dado bien escribir cartas. Y no sabía si la nota que había dejado habría sido demasiado fría. No podía serlo, porque sus sentimientos no eran fríos, en absoluto.

Sin embargo, no habría estado de más usar la palabra «amor». La gente la usaba todo el tiempo, no era para tanto. Sin embargo, el hecho de firmar con «te quiero, Kell», sí había sido demasiado. Lo asustaba pensarlo, pero mucho más escribirlo.

Y mucho más, aún, decirlo.

Marty le enseñó dónde podía dejar sus cosas, y luego se quedó en la puerta de la habitación mientras Daisy deshacía su bolsa.

–¿Quieres decir que se levantó y se marchó? ¿Sin decir nada? ¿Estás segura de que no se ha ido durante el día a buscar otra rama perdida de la familia?

Faylene sabía la verdad. Ella estaba en la cocina cuando Daisy había encontrado la nota. Pero ella no les había dicho a sus amigas que Kell se había ido para siempre.

–No, no tenía nada más que hacer aquí. Encontró lo que había venido a buscar y se marchó.

–Pero, ayer... bueno, ¿qué demonios ocurrió entre vosotros al final? La última vez que os vi, ibais por el merendero muy contentos los dos.

–¿Hola? ¿Hay alguien en casa? –Sasha entró por la puerta, y con ella, el aire frío y un olorcillo a perfume.

–Estamos en la habitación de invitados –dijo Marty–. Entra.

–He intentado llamar a la casa, pero ya no había línea. Daisy, pensaba que no te irías hasta mañana.

–Sí, pero han cortado el gas y la luz antes de lo que yo esperaba. Normalmente, cuando llamas a la oficina, tienes que esperar a que envíen a alguien al vecindario.

–Ah. Yo creía que lo hacían todo desde la oficina –Sasha se sentó sobre la cama, junto a la bolsa de Daisy–. Eh, si la sociedad histórica quiere deshacerse de algo, quiero ser la primera en enterarme. Uno de mis clientes acaba de comprarse una mansión en la playa, y ahora quiere que yo se la decore y consiga que parezca que su familia la tiene desde hace generaciones. A propósito, ¿dónde está Kell?

Marty sacudió la cabeza y le lanzó una mirada de advertencia, pero Daisy no le encontró sentido a evitar el asunto.

–Se marchó esta mañana, antes de que yo me levantara.

Sasha abrió unos ojos como platos.

–Pero va a volver, ¿no?

Daisy se encogió de hombros.

–¿Quién sabe? Él no va a heredar nada. El testamento de Harvey especificaba muy claramente quién se quedaba con cada cosa.

–Sí, pero... yo creía que Kell y tú...

Intentando contener las lágrimas, Daisy les dijo:

–Tengo que empezar a sacar todas mis cosas del apartamento. ¿Alguien quiere ayudar?

Kell observó en el panel cómo se cancelaba vuelo tras vuelo debido a una borrasca que estaba atravesando el centro de Oklahoma. Miró de nuevo el reloj y sintió una sensación de ardor familiar en el estómago. Se preguntó si no se le estaría formando una úlcera. Se había tenido que dar mucha prisa para llegar al aeropuerto como para molestarse con desayunar. Probablemente, lo único que necesitaba era comida. Por otra parte, con todo lo que había ocurrido durante los últimos tres días, no sería de extrañar que tuviera una úlcera de verdad.

Después de las emergencias de último minuto, la inauguración había sido perfecta. Clarice estaba entusiasmada, y no se había cansado de repetirlo. Él se las había arreglado para conseguir que Moxie tuviera otra oportunidad, y esperaba que hubiera podido meterle al chico el respeto en el cuerpo jurándole que aquélla sería la última. Había intentado hablar con Daisy al menos cien veces. Incluso había llamado a la compañía de teléfono, que le había dicho, de nuevo, que el número ya no estaba en servicio.

Ella tenía teléfono móvil, pero él, como el idiota que era, no se había molestado en pedirle el número. No había tenido necesidad mientras había estado allí, y cuando se marchó, ya era demasiado tarde.

Había intentado recordar cuáles eran los apellidos de sus dos amigas. Una de ellas era Owens, pero no conseguía acordarse del de la pelirroja, si acaso había llegado a oírlo. Había muchas y muchos Owens en el listín telefónico, pero ninguna Marty. Había oído decir que las mujeres usaban iniciales para evitar que idiotas como él averiguaran si vivían solas.

Salió del vestíbulo en busca de una farmacia para comprar antiácidos. Si no tenía un agujero en el estómago ya, probablemente lo tendría cuando llegara a Norfolk. Nunca había llevado bien la frustración, sobre todo la frustración causada por su propia obstinación. Aquélla era una de las razones por las que su carrera había terminado prematuramente. Aunque el cuerpo le dolía demasiado como para estar bien, había insistido en continuar jugando durante la temporada, y había protestado cada vez que lo sacaban de un partido. Finalmente, había entrado en la lista de bajas durante casi una temporada entera, primero por una operación en el hombro, y después en el codo del brazo con el que lanzaba.

Diez años después, todavía no conseguía enfrentarse a la frustración tan bien como debiera, pero estaba aprendiendo. Trabajar con chicos problemáticos le estaba enseñando. Y aquello con Daisy le estaba enseñando aún más.

Al menos, en aquella ocasión se las había arreglado para conseguir un vuelo directo. Ya sólo le quedaba esperar que el tiempo cooperara.

«Vamos, mamá, intercede por mí».

El primer lugar que encontró donde vendieran antiácidos resultó ser una cafetería especializada en chili. ¿Causa y efecto? Bueno, de todas formas pidió un plato de la especialidad, comió de pie con una bolsa de nachos y se tomó tres pastillas junto a una taza de café sólo y humeante.

El cielo no dejaba de tronar, pero parecía que por el oeste se estaban abriendo algunos claros. Y algunos vuelos estaban empezando a moverse cuando él volvió a la puerta de embarque y se sentó tan cerca de la entrada como pudo.

«¿Dónde demonios estás, Daisy? ¿Y qué pasa con el teléfono?».

Si ya había cerrado la casa y se había mudado, ¿dónde estaría viviendo? Su apartamento no estaba disponible, que él supiera, y en Muddy Landing no había hoteles. Kell esperaba que no se hubiera marchado de allí, porque iba a encontrarla aunque tuviera que recorrer casa por casa.

–¿Cuánto tiempo tardas en leer una página, si no te importa que te lo pregunte?

Marty alzó la mirada de su libro y esperó a que su amiga mostrara algún signo de vida. Daisy había estado con los ojos fijos en la misma página durante más de diez minutos.

–Lo siento. ¿Me habías dicho algo?

–Cariño, él va a volver. Me apuesto lo que quieras a que ha estado intentando localizarte.

Daisy se rindió y dejó el libro a un lado.

–He estado aquí todo el día. Mi móvil no ha sonado. No me ha escrito ninguna carta. ¿Quieres que entre en trance para ver si se comunica conmigo espiritualmente?

–¿Has llamado a la central para ver si tienes otro caso?

Daisy asintió.

–¿Y?

–Cuando quiera. Esclerosis múltiple en Elizabeth City, un embarazo problemático en Whitehall Estates, o la recuperación de un intento de suicidio en Point Harbor.

–Elige el embarazo –le aconsejó Marty.

–Les he dicho que llamaría en un par de días –dijo Daisy, y después, bostezó. No eran ni siquiera las ocho de la tarde, pero estaba como drogada. Había dormido casi hasta las nueve de la mañana, y después no había hecho nada memorable en todo el día.

En aquel momento, antes de que ninguna de

las dos pudiera decir algo más, sonó el teléfono. Marty descolgó el auricular, sin dejar de mirar a su amiga.

–¿Diga? –respondió–. Sí, soy yo –entonces, una sonrisa comenzó a reflejarse en sus ojos y se extendió hasta sus labios–. Vaya, hola, Kell. ¿Desde dónde llamas?

Daisy no quiso recoger todas sus cosas, pero al menos, metió unas cuantas en su bolsa de viaje. Kell interpretó aquello como una buena señal. Había llamado desde el aeropuerto a todos los Owens con la inicial «M». Para cuando había recogido su maleta en la terminal del aeropuerto y el coche del aeropuerto y había llegado a Muddy Landing, siguiendo las instrucciones de Marty, habían pasado dos horas.

Con una enorme sonrisa, Marty lo había invitado a pasar y le había ofrecido su sofá, una manta y una almohada.

–Son casi las once, y no tienes por qué conducir más esta noche.

–Muchas gracias, pero he alquilado una casa en Southern Shores.

–¿Una casa entera?

–Sí, bueno... no podía hacer otra cosa. Parece que todo está un poco difícil por aquí, todavía.

Incluso después de haber accedido a escucharlo, Daisy no dijo nada. Se quedó allí de pie, con los brazos cruzados. Kell no quería pensar que él fuera el responsable de aquellas ojeras. Bueno, al menos, había podido explicarse.

Finalmente, había conseguido convencerla.

Tomó su bolso y la guió hacia el coche. Después los dos se sentaron en los asientos, en silencio. La verdad era que él no sabía por dónde empezar. Sólo sabía que la razón por la que había vuelto no tenía nada que ver con ningún pariente, vivo o muerto. Y tenía la sensación de que ella también lo sabía.

–Así que... ya se ha cerrado la casa –dijo por fin, mientras entraban en la autopista, en dirección sur.

–Sí. Me han dicho que la sociedad histórica envió a alguien ayer. ¿Y sabes qué? Un benefactor anónimo acaba de donar el suficiente dinero como para reparar casi todo lo que hace falta. ¿No te parece estupendo?

–¿Para hacer qué? ¿Limpiar el jardín? ¿Arreglar esa parte del canalón?

–Oh, mucho más. Egbert me dijo que iban a arreglar el tejado, para empezar.

Siempre y cuando hablaran de la casa, se dijo Daisy, ella podría arreglárselas bien. No quería estar allí, pero su cabeza y su corazón habían estado luchando desde que él se había marchado. Y era evidente que había ganado su corazón.

Si quería acostarse de nuevo con ella, probablemente Daisy lo haría, porque no tenía nada que perder.

Nada que no hubiera perdido ya.

Cuando llegaron a Barco, él se detuvo en un semáforo.

–¿Tienes hambre?

–Mmm, mmm –respondió Daisy.

–¿Eso es un «sí» o un «no»?

Ella suspiró.

–En realidad, es un «sí». No he cenado.

–Yo tampoco. Tomé un plato de chili en el aeropuerto. Recuérdame que no coma chili durante una temporada.

–¿Por qué has alquilado la casa entera? ¿Esperas compañía?

Las luces del salpicadero se le reflejaron en los dientes cuando sonrió.

–Francamente, tuve que pedir un favor que me debían para poder tener la casa avisando con tan poca antelación. Y en cuanto a la compañía, la considero más como... familia.

Daisy tomó aire. Charlene o como se llamara... ¿No podía ser que...?

De repente, él paró el coche ante una cafetería. Mientras cenaban, Kell estuvo jugueteando con la comida del plato.

–¿No tienes hambre? –le preguntó Daisy–. Creía que no habías comido desde esta mañana.

–Sí, bueno... ya te he dicho lo del chili. Creo que me ha hecho daño al estómago.

–Oh, Kell... –ella sacudió la cabeza.

Cuando llegaron a la enorme casa de la playa, Daisy sabía que estaba perdiendo la batalla. Se dio cuenta de que quería cuidar su dieta, por no mencionar todo lo demás en su vida. Intentó convencerse de que era la enfermera que había en ella, y no la mujer, pero sabía que no era cierto.

La casa tenía cinco habitaciones y cinco baños, uno de ellos con un enorme jacuzzi. Kell intentó no enseñársela mientras iban de cuarto en cuarto, para que Daisy eligiera, pero estaba sufriendo.

–Oh, cualquiera de ellas, no me importa –dijo ella–. Ahora, vamos a ocuparnos de tu enfermedad. ¿Desde cuándo tienes la úlcera?

–Eh, no es una úlcera completa. El médico me dijo que se curaría si controlaba el estrés y corría unos cuantos kilómetros al día.

–¿Y no te dijo nada de la dieta? –le preguntó Daisy, mientras abría su bolsa de viaje y sacaba su neceser.

–Me dijo que todo lo que me gustaba era malo para el estómago.

–Y teniendo en cuenta cómo aderezas tu comida, es cierto. Probablemente es por el estrés, de todas formas. ¿Sabes la causa? ¿Tu tienda de deportes? ¿Tu vida social? ¿Tu...?

–Inténtalo con mi vida amorosa.

–No, gracias.

–Daisy, vamos al grano, ¿quieres? Bailar alrededor de lo importante es muy estresante, por si no te habías dado cuenta.

–¿Vamos a bailar?

–¿Quieres bailar?

Ella miró a la botella azul que tenía en la mano, preguntándose si sus nervios podrían estar más tensos.

–¿Y tú? –susurró.

–¿Contigo? Bailaría todo lo que hiciera falta, pero en este momento hay otras cosas que prefiero hacer.

Daisy lo miró. Estaba en la misma posición en la que lo había visto por primera vez, en el entierro de Harvey. Las piernas separadas y las manos colgando de la cintura de los pantalones. Tenía aspecto de cansado y estaba pálido, pero el cansancio no afectaba a la intensidad de sus ojos azules.

«Vine, vi y, qué demonios, vencí».

Él abrió los brazos y Daisy se acercó a su pecho.

En aquel palacio vacío en mitad de una playa, sin otra música que el sonido de las olas, él comenzó a moverse suavemente. Daisy se balanceó con él, inhalando su esencia afrodisíaca de cuero, de piel masculina saludable, de jabón. Su respiración se entrecortó, y la de él también.

—La cama no está hecha —le dijo Kell.

—No importa.

En segundos, estuvieron desnudos y juntos bajo la colcha.

—Después podemos probar el jacuzzi —le dijo él, mientras la levantaba y la colocaba sobre sus muslos—. Hoy ha sido un día muy largo. ¿Te importaría hacer los honores?

Daisy hizo los honores, al menos, la primera vez. En el lío de miembros desnudos que siguió, con risas entrecortadas entre momentos de placer alucinante, ninguno de los dos tuvo energías para probar el jacuzzi.

Unas cuantas horas después, salieron de la habitación en busca de la cocina.

—Mi amigo le pidió a la agencia de alquiler que encendiera la calefacción y llenara la nevera. Aunque supongo que no les dijo que hicieran las camas porque no sabía cuánta gente vendría conmigo.

—¿Tienes un amigo en esta zona?

—En realidad, vive en Washington D.C, pero tiene unas cuantas casas por aquí y por allí.

—Vaya amigos.

—Sí.

Habían hecho la cama en algún momento, entre la segunda y tercera vez que habían hecho el amor. Después, se habían duchado juntos, y habían permanecido bajo la lluvia de agua hasta que había comenzado a enfriarse. Evidentemente, ni siquiera una casa de un millón de dólares tenía una caldera todopoderosa.

–¿Vamos a hablar alguna vez? –murmuró Daisy, mientras ponía en funcionamiento la cafetera.

–Vamos a hablar muchas veces, y de muchas cosas. Tengo esta casa durante dos semanas. Y si hace falta más tiempo, tendremos que mudarnos a otro sitio, pero no voy a marcharme hasta que me prometas...

–¿Qué? –preguntó ella, con el corazón en un puño.

–Que te casarás conmigo. Que podrás aprender a quererme lo suficiente como para dejar a tus amigas y tu casa para venir conmigo. Que...

Daisy le puso un dedo sobre los labios para acallarlo.

–Oh, Kell, oh... ¡sí!

–¿Sí qué?

–Kell, ¿no te das cuenta de lo mucho que te quiero? ¿No lo has notado?

–Tenía esa esperanza. No estaba seguro. El amor es algo en lo que no tengo demasiada experiencia. Si quieres que te diga la verdad, tenía miedo de haberlo estropeado todo.

Entonces, le contó la historia de Clarice y Moxie, y la de los demás niños con los que trabajaba en su tienda de deportes, y del rancho que quería convertir en un campamento de béisbol.

Cuando terminaron, estaban tumbados en la cama, comiendo sándwiches de pavo con queso y bebiendo leche.

–Si todos esos chicos van a vivir allí, en el rancho, entonces creo que necesitarías una enfermera interna.

–¿Puedes hacer eso? ¿Puedes ejercer en otro estado?

–Supongo que puede arreglarse –murmuró Daisy–. Aunque tenga que arreglármelas para impedir que te destroces el sistema digestivo, también podré cuidar de unos cuantos críos, limpiarles la nariz cuando sangren, darles puntos en las heridas y curarles los hematomas.

Él podría haberle dicho que quizá hubiera unas cuantas cosas más que hacer...

Suspirando, Daisy le acarició el pecho. Ninguno de los dos llevaba ropa. Y aunque aquélla no era una nueva experiencia para él, tuvo la sensación de que tomar sándwiches y leche observando la maravillosa vista completamente desnudos era algo nuevo para Daisy.

Justo cuando comenzaron a cerrársele los ojos, ella le retorció un rizo de vello del pecho y le susurró al oído:

–¿Te vas a dormir?

La reacción de su cuerpo fue evidente.

Los dos se miraron y comenzaron a reírse.

«Eh, mamá, papá... creo que ya sé de qué os reíais tanto...».

En el Deseo titulado: *Comedia de errores* podrás leer la siguiente novela de la miniserie de Dixie Browning : BUSCANDO NOVIO

Deseo®

Padre soltero

Rochelle Alers

Después de que su mujer los dejara a él y a su hijo, el veterinario Ryan Blackstone prometió no volver a amar. Intentó sentir aversión por la bella Kelly Andrews, la profesora que iba a dirigir la escuela de las granjas Blackstone, pero fracasó estrepitosamente. Y no pasó mucho tiempo antes de que la sensual viuda desatara una tormenta dentro de su corazón.

Ryan había estropeado los planes de soledad de Kelly con un solo beso. Y antes de que pudiera darse cuenta, Ryan estaba traspasando todas sus defensas mientras ella seguía preguntándose si lo que sentía por ella era amor... o sólo deseo.

Había aprendido que jamás se podía rechazar la pasión...

Acepte 2 de nuestras mejores novelas de amor GRATIS

¡Y reciba un regalo sorpresa!

Oferta especial de tiempo limitado

Rellene el cupón y envíelo a
Harlequin Reader Service®
3010 Walden Ave.
P.O. Box 1867
Buffalo, N.Y. 14240-1867

¡Si! Por favor, envíenme 2 novelas de amor de Harlequin (1 Bianca® y 1 Deseo®) gratis, más el regalo sorpresa. Luego remítanme 4 novelas nuevas todos los meses, las cuales recibiré mucho antes de que aparezcan en librerías, y factúrenme al bajo precio de $3,24 cada una, más $0,25 por envío e impuesto de ventas, si corresponde*. Este es el precio total, y es un ahorro de casi el 20% sobre el precio de portada. ¡Una oferta excelente! Entiendo que el hecho de aceptar estos libros y el regalo no me obliga en forma alguna a la compra de libros adicionales. Y también que puedo devolver cualquier envío y cancelar en cualquier momento. Aún si decido no comprar ningún otro libro de Harlequin, los 2 libros gratis y el regalo sorpresa son míos para siempre.

416 LBN DU7N

Nombre y apellido	(Por favor, letra de molde)

Dirección	Apartamento No.

Ciudad	Estado	Zona postal

Esta oferta se limita a un pedido por hogar y no está disponible para los subscriptores actuales de Deseo® y Bianca®.
*Los términos y precios quedan sujetos a cambios sin aviso previo.
Impuestos de ventas aplican en N.Y.

SPN-03   ©2003 Harlequin Enterprises Limited

Julia®

hallis no esperaba encontrarlo a él en el bufete de aboga-
los que tenía su padre en el pueblo. Jared Starke era un
guapísimo e importante abogado de la gran ciudad. Y desde
luego la ex miss Tennessee no esperaba que aquella reunión
sobre las propiedades de su difunta abuela acabara convir-
tiéndose en un apasionado romance secreto...

¡Pero eso era lo que había ocurrido! Y ahora Shallis estaba
embarazada de Jared.

Tenía que contárselo, por supuesto. Lo que ella no sabía era
que Jared había recibido otra noticia relacionada con la pa-
ternidad...

Embarazo secreto
Lilian Darcy

Embarazo
secreto

Lilian Darcy

**Estaba a punto de recibir una
noticia que cambiaría su
vida...**

Bianca®

Ella no sabía que Tyler quería algo más que un trato de negocios...

Doce meses antes su matrimonio era perfecto... Entonces Tyler Benedict volvió a casa y descubrió que su mujer se había marchado.

Ahora Tyler quería recuperar a Lianne y estaba dispuesto a cualquier cosa para conseguirlo, así que la contrató como ayudante.

La bella Lianne Marshall creía que su marido era un mentiroso que la había traicionado. Ella aceptó el trabajo, pero esa vez no iba a jugar limpio...

Marido infiel
Helen Bianchin

Marido infiel

Helen Bianchin